Stefanie Gödeke

Stumme Berührung im Wasser

*Eine Komposition
in Lyrik und Prosa*

Zum Gedenken an die liebliche, unvergessene Ukrainerin Lydia Charizewa (Charkow), die zusammen mit ihrem Bruder, der postalisch bekannt war, im familiären Gedächtnis überlebt.
Sie wurde vergeblich beschützt.
Im Zeitstrom von Anaïs Nin, Marguerite Duras und Paul Celan: Dem Tanz der Körper, der jüdischen Mystik, den Opfern.

I. Letzte erste Wasser

Frühe Gedichte (1984-1994). Eine Auswahl

Inhaltsverzeichnis

I

II

III

I
Mignon   (1)

(frei nach G.)

Nicht nur ein Ton, der war besungen
kein Schmerz gefußt, mit uns gerungen

Hat sich entschlossen
das Aug entbrannt
von Feuchtigkeit entsandt
und voll die Lippen

Ans Tor gekommen stand die eine
die Schlinge Trauer um den Hals
nicht sittsam, heilig ihre Arme
Es lag der Flor umwelkt

Es hat kein Schatten Platz und die
Gedärme fallen raschelnd über Erde

Aus der Zeit gefall'n seit Anbeginn   (2)
Ina F., Liebesgedicht No 385

Gral und Sand, vereinet
mein Verklärtes, lacht, doch
spuck das Pflaster nicht
ehernen Hüllen zu gefallen,

                   tagt Blut –

Rauschen vernehm ich,
Klagen zu Ansicht der Laterne
noch den Wurf des Mantels über uns,
ein armer Teufel, Spuk,
wer glaubt daran

                   außer,

Du spinnst Dir Höllen
Falten ans ungewaschne Blattwerk,
perlkandierte Früchte und Halt:
Unk über der Liebe Luftschloss,
leise Liebe,

                   stirb

scherben zuhauf, lavendel,

duftend nach heu und

aber glauben, du liebste

aller elfenbeinigen, du

eiserne erwachsenheit:

weh mir, hörte ich`s   sprechen,

sterbend, von edleren kelchen,

aus denen zu schöpfen

am ziel unserer träume

und ach, dir gelänge es ! –

aber mein sind sie nicht,

noch des kraters   gräben,

herbeigeredet, am ende

der liebe geziehen, bald

schonungslos überführt, -

es gab sie nicht?

Misch Farben

und lass die Rede sein

vom Zubrot der Liebe

und sparsam geh um mit Weiß

Sag dem Schatten

der uns hinters Licht führt

wir halten ihm Plätze frei

wechselnde Koalitionen

Bin ohne dich

kälter am Körper

als im Schatten deiner Küsse

die mich schweigsam erreichen

Und doch ist

das Antlitz der Eltern

die Haut unsrer Kinder

vom Zubrot erwärmt

Krume (5)

Du Wunderbare, Du! Wanderst hinab ins Stetige,
kehrst abwärts des dottrigen Blattes.
Im gleißenden Licht Deiner Winzigkeit
singen die Mädchen. Im Tanz, im Schuh, im Lauf,
im Nu, oh Krume.

Du Wunderbare, Du! Bist der Ecken gewiss,
der Beine, die sich bewegen. Schmeckst auch
im Hals danach und rutschst,
was keine Lappalie ist wie das unsrige,
mitnichten verstreut.

Lotus (6)

Im Winzerschloss: die Braut
klopft Steine. Nebenan
der alte Truthahn schläft. -
Wein ziert das Geländer:
Schwelle, Knopfloch, Schweigen.

Schneewittchen pfeift: noch
pflegt sie den Bart der
Sieben. Kleiner Dieb schreit
Schnee frei. – Im Klee
die Blumen: überall Drahtnaht.

Jagdzeit: eine Geschichte (7)

Der Fluss brennt. Kater Karlo
tritt aus den Wäldern. Die Fahnenflüchtigen
erklimmen den Abgrund.

Ich sehe sie dort. Jetzt
brennen die Wälder. Im Unterholz
ficht der Maestro.

Du bist es nicht. Es ist
der Zorn aus schlaflosen Nächten.
Die Wimper fällt.

Einer beißt noch ins Gras.
Zuletzt flüchten die Hunde. Finster
ertönt das Horn.

Kautschuk   (8)

Krumme Gestalten, übrig gebliebene,
trug der Wind ab. Dem Wasser hielten
tausend Augen stand. Niemand hörte
niemanden weinen, niemanden.

Die Flucht trügt. Sie träumt von
der Blüte des Wassers. Sie würgt sich
den Frosch aus dem Hals. Sie steht
mit den Beinen im Schlamm.

Was warm war, voll Honigblüten und –
verschwand. Zurück bleibt die Parabel.
Das Mädchen war lange nicht da. Im
Wasser und nicht bei den Enten.

Nicht die Augen, sie wärmen den Mund nicht,
der offen steht wie Münder es tun,
wenn Atem, überall Atem, verbraucht ist
und die Brust gesenkt, still wie nichts.

Nicht die Ohren, angewachsen schräg überm
roten Gesicht, die das Hören nicht halten,
das die Haut vom Hals abhängt, hinters
Haar schiebt, graue Alterssträhnen.

Eine junge Frau und eine alte.

Ein Schloss dort, wo Lippen, Augen, Beine
nicht verweilen wollen, inmitten der Bewegung;
Schon atmet die Haut wieder, die Haare
fliegen vor Hast, Hände legen zu,

holen auf, stoßen ins Leere.

Letzte erste Wasser   (10)

Sonst Atem, der
bleierne hält Ausschau.
Am würdigen Arm
treibt er hin, ein
Ruder, bewacht von
taubem Gras.

Krone an Krone
Traumszenerie. So
buhlt die Sonne
um Leuchttürm`:
spült spätes Wasser
ins Haus.

silberfolie im regenwetter (11)

war stumm noch
und drängte doch schon
die lippen der erde
zu küssen

       im regen

weht stürmisch
ein lächeln am holzklotz
vorbei und kann
weiter nichts
das blatt
als sich wenden

Klaviervariation
von Stefanie Gödeke

S.G.

Gesperrtes Los (12)

Nachtschwarz gepeitscht zum Blutgerinnsel
mit nur einer Floskel, die
uns das Lid hob, zur Wunde
hinab, dem Abgrund der wachsenden
Sehkraft. Wir schwammen
und ruderten aus Leibeskräften
still bis ins Aug.

Im dreiundzwanzigsten Jahr, dem
ersten Advent, treten Lichter hinzu,
die Tage, bergabwärts ein Schnitt. Du
schicktest mir Zwerge ins Haar,
die Luft ließ sich föhnen.

Libelle, sag ich am Morgen
(nach ihrem Tod), komm tanz mich
zu Wasser, im Jetzt frier ich ein.

Erdwärts (13)

Sack Asche / Und ging
im Zeitlupentempo durch Laich.
Im Gefieder, dem samtenen Umhang
zahnt der Lippengruß.

Auf Samuel traf ich im Sturm /
Der Kelch schwamm schon
im Mieder vorbei, vorbei
an der Wortmacht.

Später schlägt Nebel
durch / Getreckt wie im Tod.
Und steht und fliegt auf
im Laufschritt.

Die Obdachlosen   (14)

Streben zu Hauf, längs der
Barrikaden/ sanfter schneeleichen/
frisches Blut krümmt sich / um's Haar
an den Beinen / Fliegeralarm

Es währte / schmutziger Konter fei
den Schemen / zu nächtlicher Stunde
da hafteten sie / Luft geschwärzt
am staubigen Hang / vor Atlantis

Kein Schein wahrt / das atmet
es/ am Fluss uns schabt bödiger
Gräben / wohl dem / der trunken
vor Lust / sich / besungen verirrte

Erstgespräch   (15)

Was nicht in Sprache sich auflöst –
Löst Zunge nicht, stößt keine Worte
ins Denken, verknappt auf Laufbahn.

Kein Sturzflug ist`s, der abhebt vom Hang
zwischen dem, was laut wird und
dem, was sachgerecht die Ebene erreicht. –

Wir schweigen den Duktus frei –
der in Sinn versetzte Urgrund
löst wache Rätsel auf, verlassenen Stoff.

Zweitgespräch (16)

Stammeln. Unken aus dem
Wasser. Plötzlich ein Tritt: Fahrer
Flucht auf matschigen Autoreifen.

Das Gespräch flieht. Drüben, am
Anderen Ende quietscht ein Gedanke: es
Stehen Stühle da, sterben auf vier.

Darüber Zimt &Zucker. Der Guss ist
Leck. Schon riecht es nach Rauch: bitter
Und süß stampft Fuß auf.

Morgen ein Schuss. Wer guckt durchs
Schlüsselloch? Die Forellen: fangen
Den Prinzen ein. Alles schläft nur ich.

Der Zaungast (17)

Weißer Schluchten Inschrift. Magnolien
am kargen Stadtrand. Wo,
weiß der Dachdecker. Hier töten
Vögel ein Pfauenauge.

Drei Augen trügen. Eins
davon schützt sich vor Maschendraht.
Die Stadt schläft. In ihr
klagt ein Mönch in Sandalen.

Die Nachricht   (18)

Noch in der Wolkenlose

halten sie zur Gänze die Kränze

vom Leibe der Toten

Kaum werden die Kühe älter

über den Rhein

und singen ins Wasser

Aber nichts sagst Du

wird verschwendet

trällere es aus den Kantinen

Wir frieren die Angst ein

die Leiber der Toten

die 188 Vorsichtsmaßnahmen

Lippabwärts am Wegrand

erzittert ein Windstrauch

das Baby entkommt

Sehnsucht   (19)

Brandend stürzen ihre Wellen

Durch mein Leben in mein Blut

Ich berausch mich an den Klängen

Bis zur letzten Atemnot

Spät versack ich bleibe liegen auf dem Grund

Der mich findet kommt vergeblich

Jene Ruhe birgt nur dort sich

Wo das unbekannte Meeresfeuer brennt

Abendstern (20)

Und sie sah ihn und fragte nicht, woher

er gekommen war. Er kam auf die Welt

zu, das sah sie und sah, dass er kam.

Und am nächsten Tag war es hell und der

Brunnen vertrocknet. Und die Leute standen

umher und fragten nach Rat. Und er schwieg.

Und nach der Zeit, die vergangen war, wasserlos,

wie zuvor, kam er staubigen Fußes die Straße

entlang. Und sie sah ihn wieder und wieder.

Und am Abend fiel Himmel ins Meer, auf die

Dunkelheit. Und sie zogen die Schuhe aus

Und holten das Wasser herein, in den Brunnen.

Und sie kosteten und beklagten nicht, dass der

Mond ihnen faltig schien. Und sie sahen

sich an und sie sahen die falschen Gesichter.

Kain, wenn und Abel

Miranda, sag dem Löwenmaul, dem leuchtenden Gesicht,

er hat es nicht getan.

Er hat sie Arm in Arm gehalten, die Beine breit

auf dem Asphalt.

Es lohnt sich nicht am Weg vorbei im Mondenschein,

Du Tropf, den Asphalt übergrünt.

Und Autos fuhren.

Er hat sie Arm in Arm gehalten, so zwischen

Schnee und Blumen.

Das sah sie nicht, sie sah nur ihn.

Im Leben des Toten   (22)

(für Norbert Altenhofer

30.6.1939 – 7.8.1991)

Stumm sterben, das Wort, Stil

und Umfang in einem. Als wäre

es gestern gewesen, als säße die

Elster buchstäblich in Not. Da

würde es Zeit sein für Morgen:

auch im Dreivierteltakt.

Und Absätze tanzten den Abend

frei, Rock für Rock. Lang frügen

die Herren nach – lauter Forellen.

Sie sprängen vorbei, zum Tanz`

auf: nur unweit von Nelken.

Lektion

(zum 7.8.1991)

Im Karpfenteich überm Augapfel spieltest
Du den Rattenfänger: Wir gingen
den Gang ab zwischen einzelnen Titeln.

Lektüre, sannen Deine immer braunen
Augen und lasen den Grünspan eigens
aus fremd vertrauten Gesichtern.

Die da standen – bei Fuß – und
ausgezeichnet, gewahrten nur rohen
Rotz. Krypton stellt letzterlebte Fragen.

Wortfetzen. Ein Wiedersehen. Gemeinsam
im Palmengarten. Kaffee bei Mörike. Am
Telefon jener Hörsaal. Jetzt bist Du -.

Ich werde im Leben nicht einstehen
für diesen Tod. So unvereinbar hänge ich
an Dir, bis derselbe mich einholt.

Er (24)

1

Wenn nicht

er

dann doch

er

mit Liebe begabt

zwischen den Zähnen

die Lücke voll Wahrheit

so was von atemlos

nenn es Geduld

jetzt

an dem Rand X

den die Liebe nicht kennt

ist die eigene Haut

ein Stein am Strand

der sich benetzt

Körperschwitze

ungezählt und sehr befangen

Rachmaninow, die Plattitüde, geb. am

und spindeldürr, ein Samtgewächs,

kein Ramschpapier/

verknüllt, versalzen und vergammelt

die Wäscheschnur, das Stück Klavier/

versiegelt, kostbar, sehr Geschmeide,

so, dass das F und Hirn abwärts/ doch:

mit allen Siegeln versehen, grüßt

uns Gott,

                      aber kräftig/

vom Wetter geohrfeigt, wie sich´s

gehört, Madame!

Das, was bleibt und aber nicht dazu/

gehört, Bienenwachssuppe und Graupen,

Himbeerfleiße, was Du geschmeckt hast

beim Herrn, den ich liebe, aber so, dass,

Du, die Zunge am Gaumen klebt, also was

Querido?!

3

Schneelandschaft, heiße,

Lupinen verschaukelt:

das Ende des Fußzehs,

der träumt –

Durchs Weiße der Rose

sich Berg sanftes Gurren;

solch Striemen streichen

über die Ebenen nachts -

Wandmal

Sehnsucht nach Dir Geliebte

Sucht am Abhang steinerner Herzwände

Zuflucht

Zwischen zerklüfteten Felsspalten

Stehn königlich bereit die Säulen der Naturen

schwanger

Und Wächtern gleich zu ihrem Schutze

Blühn Edelweiße im scharfen eisigen Nord

Wind

In der Liebe schlägt endlich auch mein

Herz nach Deiner nicht anwesenden

Anwesenheit

Mann im Ohr (26)

Sebastian, Du, der Siebenzwerg
hat nichts an als die Unterhose.
Und Karl, er schlägt das Rad
nicht übern Berg. Ja, soll denn
Ich, das Heinerle, nicht übern
Rauhreif steigen?

Romantik aber

Wähnten einst wir unterm weißen Felsen

Wie ein Lächeln von den Lippen fällt

Jener zauberhafte Glauben

Von des Suppentellers Rand der Welt

Sehnten unser aller Glück gekommen

Übern Klippenrand zu sein

Wards doch unablässig menschliches Gerippe

In des Meeresschaumes Blütenschein

Steht gar stramm am Ende er

Stürmen gleich vor jenen Toren

Sein Versprechen stetger Tropfen

Wehen stille Winde übers Grab der Horen

Harrend kalt und ganz verlassen

Werfen Schatten Schatten übers Land

Schweben in der Luft die Pestizide

Zeitenlos im Falkenkrieg die Meisterflüge

Stets der Inbrunst wegen aufgeschwungen

Reihen wir uns nun zu Krähenscharen ein

Ist das Liebeslied am Horizont verklungen

Wacht nur Sehnsucht über unsrer Lustes Pein

Aller Herren Länder Kinder Saaten

Staaten Toter Frauen schweigend ruhn

Um des alten neuen Traumas willen nicht

Nochmals werden will ihr Tun

Sichtweite   (28)

Vom Horizont geblendet

springt ein Stein

über das Meer

aber wohin

mit der Stille

Hinter den Augen

wird`s Herbst

anderswo vergehn Jahre

Reisende via Italien

jäten Unkraut

zwischen Hügel und Hagel

allenfalls Satelliten

Nur Salz   (29)

Bin die, die ich gewesen,

die den Tod hinter den

Mauerritzen aufsuchte, zwischen

Gartentor und Unkraut

einen Winter lang Samen beschlief.

Als andere unter anderen

schon morgens bewacht,

nicht aber als ich jene Haut

entbehrte und Salz

zwischen den Schleimhäuten.

Wir uns selbst (30)

UND IHR HABT GESCHWOREN

        den Nimmersatt des Aberglaubens

        zu behungern

UND IHR HABT GESCHWOREN

        auch des Totengräbers Schatten

        zu betrauern

UND IHR HABT GESCHWOREN

        wegen eines Königs Drachen

        fliegen zu lernen schon lange

IHR HABT GECHWOREN

UND IHR HABT GESCHWOPREN

        der Lustbarkeit stünde

        die Brandung

UND IHR HABT GESCHWOREN

      der Stummheit des Fischmauls

      die Gräte nicht anzudienen

UND IHR HABT GESCHWOREN

      am splitternackten Gipfel

      glühend zu entzünden

IHR HABT GESCHWOREN

IHR HABT GESCHWOREN BIS ZULETZT

UND IHR HABT EUCH GESCHWOREN

NICHTS ZU HALTEN DAVON

UND IHR HABT EUCH GESCHWOREN

NICHTS DAVON ZU HALTEN

(und am Ende nicht einmal das)

Zum Beispiel Wirklichkeit (31)

Die Luft

Wurzel ein Sprung

Brett im Federkasten

Molekularbewegung

Lifestyle (32)

Vor dem Spiegel

gedankenverloren

das eigene Leben

zurückgekämmt

draußen Blicke

Du also sagen sie

wer sexy aussieht

hat einen Marktwert

wer nicht

sollte sich einen kaufen

Im Gespräch

nur ein Angebot

bei großen Füßen

Empfehlungen von Markenware

Mein Gesicht wirkt

schlecht annonciert heute

Erst ein Einkauf

integriert mich ins Stadtbild

trete hinter Stoff

vor applaudierende Kundschaft

Zu Hause hänge ich

meine Stadt auf

und verschwinde

Ach, Die Krüppel / ferner liefern

sitzen schweigend an den Seen, Jammerlappen /

sportliche Kanonen, lugen an des Flusses Ufer /

summen Pyramiden sanft / durch das Wasser

Rohrloch /

kämmen sie die Erde

Gichtge Greise /

Kleben Ladenpreise an die Wand / sterben aus,

den Schwanz wurf ab/

                    Oh holder Salamander !

Steht da schon dein Schild / gepflanzt

An der Wellen Ränder / schaufeln sie Dein Grab

Hinter den Bergen / beschlummern

wache Ungeziefer das Wort / Frieden ist Kampf,

nur noch leiser, halten uns müde /

Am Ort /

der Rücken unserer Großeltern,

liegst / Du, meine ohnmächtige Kultur / Scham,

Los breit / planiert / einen Steinwurf entfernt

vom Altstadtkern

Schimmerst hinunter und sinkst,

Gegen die Hand meiner Hand / :

                           steht,

Was / am Ende kommt / die Dotterblume /

Bestimmt geschrieben / Aber /

                           Sie blüht, nur /

vor Augen, sonst nicht -

NATION

STEHEN STILL

AM WESTÖSTLICHEN ABHANG DES FUDSCHIJAMAS

IN DEN BERGEN MONTENEGROS

AUF DEM FUSSBALLPLATZ VON SANTIAGO

MORDEN BÜCKLINGE

KINDER UND GREISE

SCHLACHTEN AUS DER SARDINENBÜCHSE

UND ORDNEN DAS CHAOS

RINGSUM ORDNEN SIE

DAS GEWISSEN DER NATION

Leblose, Sprachgewalt (35)

Nimm den Kegel, Schwenk
Die Blutrinne: fahrlässig
Am Henkersbeil vorbei/
Lustig ist/ der Rache
Wer Durst hat, nebbich –

Alt bekannt, das Lied
Der Straße/ nicht Das Haus
Und nicht die Ruhe, bewegt:
Voller Raster, am Abend

Schon stehn sie, Schlange
Lassen Drachen kröpfen,
Salatköpfe, Heimat und
Heringsseelen - /
Bleibt wer?

Hampeln, auf keinem Meter /
Suppen über rot verminten
Strand, Silbengift! Solch
Kost: das Schmutz. Gebläue

Kennen Die tiefer liegen

Kennen Die tiefer liegen

Blutiger Sohlen

Von der Sonne und

        günstig beschienen

Ward Sprache

Über Letztere vernommen

Ohne Klage aber stumm

Grenzen klar scheint

Der Abgrund

Am Himmel verklärter

        Botmäßigkeit

Doch schweben die Geister

Zur Höhe

Entlegener Güter

Vernehmen Die abgekommen

Vom klanglosen Pfade

Sich rührten

Stummes Spiel: Schatten, die den
Mond wechseln. Schimmernde Leiber,
Meineide beschwörend. In kargen
Gewässern, umgeben von Stein. So

Leben wir: geduldige Kümmerlinge
am Ende einer Straße. Und Du
erzählst vom Gestern, bringst
die alten Veteranen in Verruf,

umsonst: das Grundmuster bleibt
Losung, Geschichte. Unbekümmert
der blühendsten Bäume hängen
trügerische Früchte sich treu.

Klaviervariation

von Wolfgang Schröder

Stummes Spiel
für Klavier

Wolfgang Schröder 2019

Zu   Anfang   Karfreitag   (38)

Linke in der Hand

im Schnee gewippt auf Schipp

Und ab – die Szene wechselt den Berg hinunter

(Hinten am Engelstor

warten die Kleinen, sehen aus, schmecken

und fröhlich)

In der nächsten Runde

verläuft die Spur, einige Bäume weit

knacken Äste. Der Vogel singt

Wer zuletzt und schon kräht der Hahn.

Lacht, bis der Morgen einfällt und ist tot,

blutige Küken am Kragen

Wir stehn alsbald im Schnee –

Abermals ungleich, im Traum. Der verblasste,

zwischenein.

Struwweln

Das Paar

Hinter den Ohren

Wenn es etwas setzt

Märchenhafter Wirklichkeit entgegen

Sind voll Pipi die Segel

Gestrichen gegen den Teufel

Mit einem Eimer gestiefeltem Kater

Im Taka-Tuka-Land

Machen wir es wie die Großen

Halten Hans Guck in die Luft

An den Händen

Narziss

Ich bin Narziss und nenn das

Wagemut, ihr Leute

Ich steh bei Fuß, nie bei Gewähr

Ich bin ein Teufelsbraten ohne Sohle

barhäuptig Spaß geküsst

Ich steh am Ufer und fang keine

der Forellen, bau mir ein Floß

und ist´s das Haus von andern auch

Ich stinke groß und lache

Über Welten, hab` mich sehr gern

Und sehn mich überschifft und wandre

Und trinke Staub mit Lunge voller Kraft

Und schmeck den Saft und spuck auf Höllen

Und suche was und Hass

Was ihr Andante nennt, nenn ich

ein Heilchen, was euch die

Attitüden sind, dünkt mir der Rest

Ich will das Andre auch, nicht nur das Eine,

Ich will die Farben funkelnd sehn

Und nicht in allen Augen Tränen

Ich hab es satt, den Karren zu verschieben,

wenn heulend Kinder mit den Winden wehn,

ich such die Sperber oben auf den Himmeln ruhn

und das ver Rückte steht mir fest

Und grabe mir das Ende auch

Und zu und auf die Tür mich lässt,

solang die Erde sich nicht dreht,

dreh ich mich mit der Liebe

Hiersein (41)

Das Himmelreich, das Du bejubelst,
es kommt nicht, es sei denn
Du öffnest den Teufeln die Tore.
Ambrosia, die Hexe, backt
Kuchen aus Angst, aus Staub.

Sieh, wie die Sinne über Krümel hinwegsteigt,
vorsichtig, une créature fragile avec de la force.

Bis ein Gesicht, doch keine Konturen
drei Beine ausreißt. Wer jetzt weint,
prostet sich selbst zu. Die unzählige Alte
nickt und kümmert sich
um das leibliche Wohl ihrer Gäste.

Und alle, sie alle feiern
Das Himmelreich, das Du bejubelst.

Worte und was unter den Achseln
wuchs, fügt sich zu Schimmel wie ehedem.
Auf unbedecktem Boden krümmen wir
Haar, unser Haar um die Welt.

Sprache des Atems, Sprache der Leiber,
sie entkommen dem Tod nicht. Verschwunden
auch er, der sich zum Rumpf verwuchs,
letzter hermeneutischer Zirkel.

Fern aller Flüge, am schmalen Gerüst
wüten die Geister. Nur des Henkers Stimme
streikt, er selbst trägt seine Füße
an den Ort, wo sie hinhören.

Parade 1990   Ein/Klang   (43)

I

Marketenderinnen am Rand. Siegerlaune,
verschütt bis unters Volk. Dabei
ging Elbe verloren. Einige liefen
Schlachthöfe ab. Sie kehrten nicht wieder.

Späte Koryphäe zwang sich durchs
Geäst: als Leichnam verkleidet. Was
sie an Frei sein verhieß, fiel
auf uns los. Korinthen. Samariter.

II

Wir hören den Ton ab / er /
der uns zupfiff / vom Sieg der Einigkeit /
und jene / wonach wir uns richteten /
klingen wie Abgesang jetzt / auf das /
Was wir hören wollten / nicht nach ihm /

Andacht

Rente sammelt Brot
Brot fällt auf Leidenschaft
Leidenschaft schwelgt in Alkohol
Alkohol stößt Zunge an
Zunge bellt nach Knochen
Knochen belebt Alltag

Alltag strukturiert Ablauf
Ablauf zwingt sich zur Liebe
Liebe nimmt Anlauf als Leichtgewicht
Leichtgewicht schafft Moral
Moral spielt Illusionen vor
Illusionen heben die Rente

Liebe mimt Zunge
Zunge schwelgt in Brot
Moral stößt sich am Knochen
Knochen bellt Alltägliches
Brot fällt tot um vor Schreck
Rente macht wau-wau

Bethel, mein Bethel (45)

1

Die Aussicht war – Rhein und
darüber hinweg. Wir schielten auf Luftpost,
nach geeigneten Reben.

Drüben, so Radebeul
sahen wir aufgeklärt. Ihr Geheimnis
Nahm uns den Atem.

Davon versprachen sie viel.
Das Banale verstörte – lebenslänglich
nur Mensch sein.

2

Am Bildnis Brechts,
für den es geschaffen war,
ließen wir angleichen: späte Schuld.

Wo Scham fehl schlug,
den Vortag vereinte,
schlug uns der Wahn um in Wein.

Jetzt scheut Gott –
morgen bespitzel den Auerhahn.
Vom Dachfirst lächeln die Prinzen.

II Berührung. Erzählung

Ich verlange vom Film, dass er mir etwas aufdeckt.

Luis Buñuel

Prolog

Epilog

Prolog

Auf dem mittleren dreier ausgetretener Wege, die quer über eine Schiene liefen, bewegte sich etwas. Es schlingerte. Eine winzige Figur. Sekunden später war sie in ihren Konturen sichtbar. Dem Gang und der Größe der Gestalt nach handelte es sich um einen Mann. Er trug eine weiße Hose, die leicht flatternden Hosenbeine schlugen nach rechts und links aus. Sonst war kaum etwas in Bewegung. Einzelne Haarsträhnen des Mannes fuhren dunkel in den weiß glimmenden Horizont. Einen Zug hätten wir erwarten können, auch irgendeine Erklärung für die ausgetretenen Schneisen über den Gleisen - in einer Gegend, die nicht einmal andeutungsweise zum Picknick einlud und in deren Ödnis der Betrieb einer Gaststätte vergeblich gewesen wäre.

Um uns herum war es dunkel, bis auf das kleine Lämpchen im Kino, das den Notausgang beleuchtete. Von der Seite aus betrachtet lag das Gesicht eines schmalen jungen Mannes im Halbdunkel. Das Licht der Leinwand erhellte es. Ich sah vorn den feinen Trampelpfad in Großaufnahme, dazwischen schmachtete Gras in gelbgrünen Inselgrüppchen. Der dritte Weg war ein dunkler Strich, auf dem ein Mädchen herumsprang, ein hellhäutiger Blondschopf. Der Mann in der weißen Hose ging, ohne es zu beachten. Zwei Figuren, die nichts miteinander zu tun zu haben schienen, außer, dass sich ihre Wege über den Schienensträngen kreuzten. Die Umrisse eines einzelnen dunklen Baumes tauchten am rechten Leinwandrand auf. Die Kameraposition wechselte, die Einstellung bot ein trostloses, leeres Landschaftsbild. Vor uns lag dürres, steppiges Gebiet in einer Nahaufnahme. Das Kind kauerte, seinen Rücken an den dicken Stamm gelehnt, unter dem Baum und blickte auf ein trockenes, gelbliches Büschel, das zwischen Wurzelwerk spross. Der Mann war bis auf einen Meter herangekommen, er hatte die Hände in den Hosentaschen vergraben. Sein Gesicht hatte keinen deutbaren Ausdruck.

Es hatte lange gedauert, ihn aus den Bewerbern herauszufinden: Seine flächendeckende Hemmungslosigkeit, Gesicht eines Schönlings; auf einen Teil des Teams hatte er faszinierend gewirkt.

Er bückte sich und zupfte gelassen einen Halm aus dem Boden. Zwischen Zeigefinger und Daumen zerrieb er ihn achtlos. Der Baum neben ihm warf lange, bleiche Schatten. Stille fiel in den Vorführraum. Eine junge Frau zwei Reihen vor mir wandte ihren Kopf und sah zum grün beleuchteten Signal über dem Notausgang. Im Halbprofil wirkten ihre Gesichtszüge angespannt. Die Kamera schwenkte auf Halbtotale; der Mann öffnete gemächlich mit einer Hand seinen Hosenstall. Seine Finger arbeiteten. Er holte sein Glied heraus und schob seine Beine auseinander. Seine Schuhe waren chromfarben. Sie liefen nach vorn spitz zu und reflektierten das hervortretende Sonnenlicht: Ein Paar glatt geschliffener Silberlinge. Dazu trug er einen Schlips in passendem Metallton. Die Nahaufnahme hatten wir dutzende Male wiederholen müssen. Geräusche von Wasserlassen traten über die Lautsprecher. Der Mann bepinkelte das Kind. Sein Glied war dick, kurz und kräftig. Den Kopf hatte er ein wenig in den Nacken geschoben. Sein Schlips blinkte über dem weißen Hemd. Erst tröpfelte der Urin, dann spritzte er in einem Bogen. Der geräuschvolle Strahl traf das Kind im Haar und auf den Schultern. Während das gleichmäßige Plätschern zu hören war, blieb das Mädchen regungslos sitzen. Einmal wischte es sich mit der Hand über die Augen.

„Was hast du für Ideen", flüsterte Hagen kopfschüttelnd, „merkst du, wie still es ist?" Er deutete mit dem Kopf in die Richtung des restlichen Publikums hinter uns. Der Raum war ungefähr zur Hälfte mit Menschen gefüllt, hauptsächlich mit jungen Leuten. „Mirjam, warum hast du mich hierher geschleppt?" Ich antwortete nicht. Hagen schüttelte noch einmal den Kopf und lehnte sich zurück. In diesem Moment erkannte ich in dem schmalen jungen Mann vor uns Severin. Er saß drei Plätze weiter rechts schräg vor uns. Damit hatte ich nicht rechnen können. Sonst hätte ich Hagen unter einem Vorwand gebeten, mit mir einen anderen Film anzuschauen.

Vielleicht wäre es nicht nötig gewesen, einen Vorwand zu benutzen. Wir hätten essen gehen können, ich hätte Karten für ein Konzert besorgen können. Vielleicht irre ich. Auf der Leinwand strich sich das Mädchen das nasse Haar aus dem Gesicht, drehte sich um und lief um den Baum herum. Es presste seinen Bauch an den Stamm und ließ beide Arme schlaff herunterhängen. Es glich sich dem dunklen Holz an, je weiter die Kamera zurückfuhr. Aus der Ferne wirkte es wie eine Ausbuchtung am Stamm. Die mächtige Krone darüber baute einen Schirm auf und hielt den sich in Bewegung setzenden Mann auf Distanz. Er schlenderte schräg aus dem Blickfeld. Wieder flatterten seine Hosenbeine. Severin saß da, drehte sich mit einem Ruck um und sah mich an. Viel mehr als den Schimmer seiner dunkel umrissenen Augen konnte ich nicht erkennen. Hagen wurde unruhig und beugte sich vor, obwohl er das merkwürdige Verhalten eines Kinogängers für bloßen Zufall halten musste. Severin ließ sich wieder in seinen Stuhl zurückfallen. Ich hielt den Film wegen seiner Kameraführung für aufschlussreich, für mehr als eine Kopie von Wiederholungen. Ich war sicher, dass wir uns kennenlernen würden. So, wie wir uns jetzt schon lange lautlos kennen. Sehr nah, dass es kaum erträglich ist. Und doch aus einiger Entfernung. Die Erinnerung streift einen dunklen Flur, eine Tür ist geöffnet worden, eine Frau steht dort und sieht zu.

Es hat begonnen mit diesem Haar, diesen Augen und diesem Kopf aus Geschichten. Sie hat in der letzten Reihe gesessen, sie hat das krause, zerzauste Haar beim Sprechen mit Zeigefinger und Mittelfinger sacht hinters Ohr geschoben. Ihr Ton, der Ton ihrer Sprache war locker. Man hätte ihn an vielen anderen Plätzen der Welt wach, lebhaft gefunden. Sie sprach mit den Augen. Sie besaßen Glut im Ausdruck. Die Farbe der Iris war nicht maßgeblich. Sie war neu in der Stadt, eine Studentin, die wissen wollte, was einen Film von einem literarischen Text und einen literarischen Text von einem historischen Dokument unterscheidet. Sie hatte den Namen Cordula zu tragen, ein Name, von dem ich fand, dass er überhaupt nicht zu ihr passte. Sie schlug ihre Beine im Sitzen so übereinander, dass die Gelenke biegsam sein mussten. Ihr Haar, die Augen und ihre Lippen waren in wärmeren Breitengraden geboren. Ansonsten wirkte sie kühl. Ich war nicht in der Verfassung, viele Worte zu wechseln. Unsere Augen transportierten etwas Undeutbares. Mehr hielt sie nicht für nötig. Kurz vor Schluss, vor dem Klingeln hatte sie es eilig, aus dem Seminarraum fortzukommen. Sie hatte offensichtlich noch kein Zimmer. Sie verließ dann für einige Zeit die Stadt. Sie suchte, fand ein Zimmer, einen Raum, der zur Hälfte abgedunkelt war und an den sich ein Bad anschloss. Sie aß auswärts. Sie verließ die Stadt zum zweiten Mal. Kam wieder für ein Jahr. Ich erinnere mich nicht mehr genau. Aber ich weiß, wie sie Gestalt annahm. Sie kam um einer Person willen, die meine Schwester war. Sie stellte sich vor, hob sich heraus im Lauf der Geschichte, jener, meiner. Dieser, die im Kino von der Leinwand auf uns herabfällt. Ich sah zu, wusste im Voraus vom Lauf dieser Dinge etwas großspurig mehr als im Nachhinein, führte die Regie dieser großartigen Nichtigkeiten, als ich Hagen von dem Augenblick erzählte, der mit den unterhaltsamen Fragen dieses Mädchens im Seminar auftauchte. Es sind Menschen beteiligt an diesem Gang durch ein Labyrinth, einen ungefähren Traum. Das Kino ist selten geworden in unseren Breitengraden. Hier sitzt ausgewähltes Publikum. Hier befindet sich Sascha. Sascha ist meine Schwester. Die Erfindungen des Sinns haben begonnen. Schon das Aufwachen, das Wegsehen, das Hinschauen, das Abrufen ist anstrengend. Damit beginnt alles: mit den Bewegungen. Obwohl der Film läuft und ich die Beschreibungen auswendig kenne, habe ich mich an die neue Umgebung noch nicht gewöhnt.

Sascha ergriff das Gemurmel und zog es aus ihrem Kopf. Als der Traum beendet war, stieg sie aus dem Bett. Immer, wenn sie in flachem Bewusstsein wirr geträumt hatte, ging sie in den Keller. Ich habe ihn aufgeräumt, die Seiten in die Hand genommen, das unbeschriebene Papier, das sie mir später aus der Hand genommen hat. In den ersten Tagen nach ihrem Einzug hat sie dort, in diesen Zeilen, mit ein paar Reißzwecken ein Plakat an eine vom vorherigen Mieter stammende Pappwand geheftet. Darauf war eine Kröte mit schmächtigem Oberkörper und länglichen Beinen abgebildet. Ihre verschrumpelte, pockennarbige Haut lag in Falten. An ihrem Körper lugte seitlich ein Schwanz hervor, sie hatte Pferdefüße. Sascha stand irritiert zwischen noch unausgepackten Koffern und Kartons oberhalb des dämmrigen Gewölbes. Es war ein merkwürdiges Wesen. Ein Chamäleon in diesem Kopf der Geschichten. Unverständlich hing es an den Kellerwänden. Für meine Schwester, für Sascha war es zu fühlen. Jetzt sehe ich sie, wie sie da auf den unteren rechten Rand des Plakats blickte, während sie ihre kalten Füße zeigte, die das Barfußlaufen auf den Treppenstufen nicht mehr gewöhnt waren. Eine kleine schwarze Spinne krabbelte über den matten, beigefarbenen

Hintergrund und verschwand hinter der Öffnung zwischen Plakat und weiß verputzter Kellerwand. Sascha lehnte sich an die kalte Wand. Sie fröstelte. Aus ihrer Perspektive war der Keller geräumig. Von einem langen, schmalen Flur aus zogen sich etliche dunkle Räume mit je einem vergitterten Fenster in die Breite, das Ende des Ganges beschloss eine Doppeltür, hinter der Sascha die im Mietvertrag schriftlich aufgeführte Sauna vermutete. Sie hatte noch keine Zeit, sie zu benutzen, wie ich das Wissen um diesen Film. Der Tod schreitet fort mit der Zeit, in der der Film spielt. Mehr braucht es nicht, um zu erleben, wie es war in diesem Haus. Es war verschroben konstruiert, verwinkelt gebaut und mit einer Wendeltreppe ausgestattet. Die einzelnen Durchgangszimmer wanden sich zu einem geschlossenen Kreis, mit Ausnahme der einzelnen Treppen, die ihn nach oben oder unten verzogen. Von außen hatte es nicht besonders hoch gewirkt, bewohnt war es ein Turm.

Zum Ersten eines jeden Monats quoll ein Streichen hervor. Zischte wie ein Vers, tönte gedämpft, hob Stirnhaut ans Ohr, dicht unter die Muschel, strich durch's Moll, lag im Schulterblatt, trieb hierher dorthin. Spielte mit vielem, nahm sich einen und wollte nicht gewusst haben, worin es sich verfing. Gaumenfeuchte drängte zur Kehle, schluckte das Gebet. In der Höhe schwang es sich nah bis zur großen Falte, die schöne Scham klopfte zwischen den Beinen, ertrug den Raum. Sascha glaubte nicht, glaubte, diese Tür sänge nicht, wenn die dazugehörige Klinke herunter gedrückt würde, glaubte sich verhört zu haben, glaubte, sie ginge auf und knarre im unerfreulichsten Fall. Sonst war nichts zu hören, das glaubte Sascha, da kannte sie Cordula noch nicht und stand schon in ihrem Zimmer. Das Licht war sprühend und lebendig hell von leuchtendem Ocker. Ein einzelnes Haar schwebte in der Luft. Es fiel, fiel auf die Haut, lag auf Gliedern, wand sich träge um Cordulas Geist, der wie ein

Klangkörper fühlbar hin und her schwang bis hin zu Nacken, Rücken, Wirbel. Laute schnellten, stoben auseinander, wirbelten auf, bis das Haar seicht abfiel. Es regnete. Sascha öffnete das Fenster zum Licht mit einer Hand, die sich nicht fragte, ob das Haus durch Bewusstsein einteilbar war oder nicht. Sie wusste nur den Raum zu deuten, denn dort stand Severin; stand starr, hoch aufgerichtet, stumm im rechten Winkel zur Tür und schwieg. Severin. Er stand schon immer dort. Er war Statue, Standbild, Halt ohne Gleichen. Er hielt sich an sich selbst, an das Rückenmark, an die Gebeine, das zurückgenommene Gesicht. Die Hände lagen angespannt über der Hosennaht, das Phantomhafte um seinen Körper machte ihn geräuschlos, geruchlos. Doch hatte er etwas, ohne dieses kam er nicht aus. Er selbst war Sprache der Standhaftigkeit, Eigennutz seines Stehens. Von ihm gingen aus Kühle, Schimmer, Dichte; er war unbegreiflich als Bewegung, die er stehend nicht verlor. So stand Severin im Bewusstsein, umgeben von Punkten, sein Körper war aufgelöster Raum. Stöhnen breitete sich aus. Severin begehrte keinen Stillstand als lichtdurchflutete Gestalt, schlief kaum, lebte wenig, atmete, das Geräusch Severin, c`est moi, c`est toi, nous écoutons, wir wurden Gehör des Raumes, einsam, musikalisch, mehrdeutig bis ins Innere seiner Ausstrahlung. Severin, ist dieser Raum nur dir vorbehalten? Farben, Töne, Sprünge, deine Masse an Eigengewicht - eines Tages sehe ich nicht mehr, sehe nicht mehr, was ich sehe, sehe den Raum schwinden, halte meiner Schwester die Tür auf. Sie führt zur Treppe.
Im Untergeschoss war Lüge.

Bevor wir sie erreichen, ist sie immer schon da, vor uns hinter uns bei uns in uns über uns, deklariert nach Vertrautem Greifbarem Unantastbarem. Muster Mensch: schön von Angesicht oder hässlich und koboldhaft wird sie uns erreichen, wo immer wir nie gewesen sind wird sie uns verfolgen, wird sie uns finden, wird sie uns führen, bei der Hand halten, streicheln, so gütig ach, und so genügsam ist die Lüge, dass wir sie brauchen jede Minute jede Stunde jeden Tag. Sie kommt und geht in jedem Raum, den wir fliehen, sie ist immer schon da, ist Raum, ein Nebenraum, jeder Nebenraum eine Abstellkammer, jede Abstellkammer ein Zufall, ein Nichts, Raum des Gewesenen. Nimm die Feigheit aus diesem Raum für einen Augenblick, sprich mir in einem ordentlichen Tonfall: Gelegentliches Flüstern, raschelnde papierne Winde, denn, wenn ich die Tür aufschlage, Severin, die unsichtbare Tür, führt es mich durch den Zeittunnel, in dem ich uns begegne. Unsere Geister flüstern liebkosend, und ich höre sie lügen, wie sie sich in uns leiben und ich mit ihnen fliege. Sie streifen mich flüchtig, sie streicheln mich sanft, nie bin ich, bin nie, wo ich immer gewesen bin, nie anders als jetzt, da ich flog. Und die Lüge flog mit, verfolgte mich, schubste mich, trieb mich, mir voran, mir nach und der erste Mann, den ich nahm, der hieß gar nicht so, wie er aussah, und der zweite sah nicht so aus, wie er hieß, und der dritte blieb unbekannt. Doch nahm ich ihn, ich nahm ihn, wer immer es sein mochte, im Flug.

Das war an einem anderen Tag, als das Aufwachen weniger anstrengend war als bisher. Aber ich erinnere mich nicht mehr, denn es war Montag, und an diesem Tag trägt die Erinnerung ein Kleid von M. Gucci, während sie an anderen Tagen unbekleidet ihre Dienste tut. Das Aufwachen strengt an, mal mehr und mal weniger, und je anstrengender es ist, desto schlechter träumt Sascha, und je einfacher sie es empfindet, schlechte Träume zu haben, desto lieber wache ich auf. Der Tunnel führt zur Treppe. Im Nebenraum schläft die Wahrheit, ein Streichen quillt durch den Raum. Im Vorführraum war es stickig. Die junge Frau mit dem Blick zum Notausgang spürte den Anflug eines beginnenden Krampfes in der rechten Wade. Ich kannte diese verkrampfte Haltung bei ihr seit langem. Während sie ihr Fußgelenk senkte und die Fußzehen spreizte, knetete ich meine Wahrnehmung in ihren Nacken. Es war wie früher. Der Film lief.

1 Der Familienmarkt

Das Versprechen der Treue war vergebens. Vergeblich war es nicht. Ich habe fünfzehn Jahre auf diesen Augenblick gewartet. Ich habe gewartet auf diese Wahrheit, auf den Augenblick, in dem man sich treu bleibt, zu sich zurückkehrt im Bewusstsein der Untreue.

Es war an einem Morgen. Es ist unser Morgen, der sich andauernd wiederholt, der nie existiert hat außer in meiner Erinnerung und im Tun, unserem Stillhalten während der Tat. Unsere Tat begann, als sie jung war. Sie begann nicht als Akt auf der Bühne, als Teil einer Inszenierung, als Veräußerung. Sie begann mit erotischer Ökonomie, dem wichtigsten Teil, von dem Leben droht. Sie hob ein Bein. Sie ist noch nicht zu erkennen, aber sie hob es, das Bein, das auch noch nicht zu erkennen ist. Die Bühne war auch nicht gewöhnlich, es gab kaum Zuschauer, nur wenige ausgedachte, es war ein Platz der Andacht für sie, ein Ort der Herausforderung.

Es war auch das plötzlich einsetzende Geigenspiel, es ging von ihm aus. Es klagte schwelend in die morgendliche Tageshelle, entglitt aus dem geöffneten Fenster ins schräg durch eine Wand verdeckte Hellblau. Es war Luft. Sie trauerte, schwängerte uns mit ihrer Trauer, mit nie gewonnenen, durch die vernommene Melodie-Gebärde betonten Einsichten. Ihr Anblick strich über meine Stirnhaut, grub sich in die Falten, schmiedete den Ton zu einem Bund aus Verbanntem, nahm Laut, umschlang uns, bewegte sich bis in die Fingerspitzen, heller und heller im Ton. Ich stützte meinen Kopf auf den Ellenbogen, um mehr zu sehen von dem Bein, der zarten Nackenlinie meiner Schwester, ihrer Körperrundung vom Schultergelenk bis zum Hüftschwung, die den musikalischen Boten sich zuneigte trotz des Arms, der ohne jedes Gefühl Bestandteil ihres Körpers war. Vor uns lag die weiße, dünne Decke, die gekräuselt die Spitze eines angewinkelten Knies erkennen ließ, den mädchenhaften Körper hüftabwärts einhüllte und leicht verbarg. Das hell weiße Haar lag unterhalb der Messingfassung ihres breiten Bettes verworren ausgebreitet wie ein dichtes Knäuel unzähliger gewundener Strähnen. Sie zeigte sich mir. Ich nahm Abschied, als ich es sah, ich begrüßte es, während ich es betrachtete. Es war ihr Sein, das ich übersetzte, ihr Sein, das selten sprach und schlecht hörte in dieser Geschichte, die mit meiner Erinnerung an sie begann.

Sie begann mit ihrer Krankheit. Mit dem Geheimnis ihrer Krankheit, aus dem nach und nach ihr Leben geschaffen wurde, das Leben in der Einöde dieses Textes, in der Polarnacht, unter dem kupfernen Morgenstern, unter ihrem Golem. Ohne ihre Verkrüppelung sähe ich nicht, was wir das Menschenall nennen sollten, aus seinen unvollkommenen Bahnen geworfen, ohne ihre tastende Unruhe, ihre Begierde, die sich der Ankündigung entzog, ohne ihre Verschlossenheit, ihr kindlich vollmundiges, einladend gewölbtes Lippenrund, auffallend durchblutetes Rot auf blasser Fläche, ohne ihr Haar in einer erregenden Masse, welches die Männer anzog, die sich ihr näherten, ohne ihre Unduldsamkeit, mit der sie sich am Faden ihres Leben hielt, mit der sie aus dem Bett stieg, wenn ihr die Glieder nicht gehorchen wollten, mit der sie dem Tod in Gestalt ihrer Schulter trotzte, ihn gegen die Glastür einer der unzähligen Krankenstationen drückte, ohne ihre weltabgewandte Einkehr, das wirkliche, das vollkommene Stillhalten in der Bewegung, im Lauschen auf Geräusche, im Artikulieren weniger Worte. Ohne ihr Blut hätte ich sie als eine unter allen und das Ganze unter Vorstellung dieser einen nicht erkannt, nicht mich erkannt, nicht sie ohne ihre Kleider. Sie ging nie ohne Kleider, ihr Blut und sie gingen immer nur in Kleidern, ohne ihre Kleider wäre sie nicht, und ohne sie hätte ich mir nie erlaubt, zu tun, was wir getan haben. Wir haben uns mehr als einmal geküsst, und einmal haben wir uns einander zugewandt.

Wir brauchten Musik dazu, ohne Musik ging es nicht. Sie war ausschweifend im Rausch der musikalischen Besinnung. Nicht zügellos, nein, keine unserer Geschichten ist zügellos. Sie konnte sehr leise gehen, ohne Szenarien, ohne ausgreifende Gestikulation. In Florenz war es so, in einer schattigen, engen, dunklen, schmalen Gasse, die unscheinbar neben den in den touristischen Broschüren gepriesenen Palazzi, Piazzen, den Uffizien, dem Dom Santa Maria del Fiore, dem Arno, dem Lichtspiel über den von Menschenströmen und Automobilen übergossenen und ausgehaltenen Straßen bestand, neben dem Ponte Vecchio, den lauten Zurufen von Namen, einer Aneinanderreihung von etwas, das wir laut Stadtplan aufzuspüren hatten, dieses Etwas war stilgeschichtlich, ästhetisch, kulturell nicht zu versäumen für Bildungsreisende. Bei all den verwirrenden Hausnummern hatten wir längst noch nicht alles gesehen. Alles kam zu kurz oder war uns immer schon voraus, Kunst, Geschichte, Eleganz, dörflicher Charme in einer florentinischen Großstadt, von den gregorianischen Chorälen bis zum romanischen Taufhaus waren es einzigartige Meisterwerke, hin zu den Arkaden des Ospedale degli Innocenti. Noch längst nicht, noch längst ist nicht alles aufgezählt, was es gibt an Überfrachtung und Überhäufung, an Unwissen über die Vielfalt, an Schönheit, Macht, Raffael und Tizian, Botticelli und Cranach, eine Metropole der Kunst, wirklich, diese Hauptstadt der Toscana, das lässt sich in jedem Reiseführer nachlesen. Ich hatte keinen dabei, aber wir liehen uns einen mitten in Florenz, auf einem Parkplatz nur unweit vom Fluss, von einem netten jungen Mann. Er war an uns beiden interessiert und merkte nicht, dass wir ihn nur erfanden zu unseren Zwecken, die maßgeblicher waren als er. Aber mit dem Stadtplan in der Hand und dem Stolz der Frauen war es einfach, ihm zuzulächeln. Eitel wie die Einsamkeit gingen wir mit erhobenen Köpfen an ihm vorbei, der nicht weniger einsam uns nachblickte aus seinem Häuschen, und wer mehr oder weniger lebte in diesem Moment, mehr oder weniger voneinander gehabt hätte, war durch den Blick, den er uns nachwarf, nicht zu erraten. Ich drehte mich noch einmal um, des Straßenschildes wegen, und sah ihn als undeutliche Schattierung inmitten der parkenden Autos in das Häuschen hineingemalt zwischen dünnem, schmierigem Fensterglas und brauner Stellwand. Bevor wir uns in mehreren, undurchsichtig aneinandergereihten Straßenecken verliefen und blutrote Fassaden von trauriger Anmut im Sonnenlicht beäugten, ausbrütende Hitze in ihrer glühenden, stellenweise ermatteten Tristesse betrachtend, schritten wir unbekümmert fort, drehten einen Bogen um die Santa Maria del Carmine, die wir nicht beachteten und später im Reiseführer bezeichnet fanden. Zur Via di Santo Spirito gingen wir und weiter zum Ausläufer der schmutzigen, quirligen Via Guicciardini, wir traten auf einem der in dem Verkehrsführer bezeichneten Brückenübergänge über den Arno. Das Bild ist stets zuerst da, ausgelöst durch den Eindruck, der ein äußeres Geschehen zu einem Erlebnis macht; das Gehirn reagiert mit Sensation, einem spürbaren Reflex.

Der Reflex spiegelte sich in der unsichtbaren Kamera, die meine Schwester in der Hand hielt, in der lebendigen Hand, der Schulter, die sie bewegte, sie, ein skandinavischer Typ, mit ihrem lockenden Haar. Sie war fliehender als ich, eine erträumte Gestalt zum hautnahen Anfassen in den Eingeweiden meiner Aussicht auf das Geschehen. Von glitzerndem Flusslicht, sanften mehligen Luftschwaden, verkörperter Schwester, schmalbrüstig zur Mauerbrüstung abflachend, von Straßen-begrenzten Stadthäusern eingefasst, formte sich Erinnerung an eine andere braune Stellwand ohne Fensterglas, inmitten einer anderen Stadt an einem anderen Fluss, während wir Pässe vorzuzeigen gezwungen waren, nachdem wir das alte Auto mit den neuen Türen und dem wackeligen Auspuff abgestellt hatten zwischen teuer motorisierten, ästhetischen Prototypen der fahrtüchtigen Zeit. Ich sah in das Gebäude hinein, das mit meinen Schritten ungestört Vorstellung annahm. Dort saß ich auf der Toilette, und über der Trennwand zwischen zwei Klos hing ein Mann und sah auf mich herab. Ich merkte es nicht und putzte meinen Po. Das billige Papier knisterte rau in meiner Ritze. Die zartere, kraus behaarte Haut zwischen meinen Schenkeln betupfte ich behutsamer. Zwei Blättchen von dem Papier auf dem entrollten Pappring blieben noch übrig. Ich faltete sie unschlüssig zusammen und warf sie über den Brillenrand in das trübe Wasser. Sie fielen auf das kleine trockene Häufchen, das ich mühsam herausgedrückt hatte und überdeckten die Erinnerung an ein schlappes, nasses Handtuch über einem ofenfrischen überhitzten Brot. Kleine Dampfwölkchen verzogen sich zentimeterlang nach oben. Kein Duft, es roch bescheiden nach nichts. Während ich mein weißes Unterhemd zwischen Unterhose und Haut stopfte und die Jeans hochzog und zuknöpfte, besah ich mir die Schmierereien an der Wand, durch die jemand ein kleines Loch gebohrt hatte. I'm looking forward to you. Eine schnörkellose, steile Handschrift, die schwächlich nach rechts einfiel, schwarze krakelige Blindschleiche auf abgegriffener Fläche, stieß mich zurück. Ich schloss die Tür auf, drückte die Klinke hinunter und zog sie in meine Richtung. Sie klemmte ein wenig, das erkennbare Teil Waschbecken im Vorraum war weiß und oval, der Boden schwarz-weiß marmoriert. Aus den Gängen des Gebäudes schallten Laute, kamen nah ans Ohr, klackerten zum Zwischenraum hin, fielen in Unverständliches, verklangen. Ein leises, reißendes, schlitterndes Geräusch kam aus der Nähe. In den Spalt kühler durchdringender Luft mischte sich ein zweiter Atem. Meine Schwester fehlte mir in einer der unzähligen Varianten der Scham. Draußen, vor der Tür, hinter denen die Stimmen gingen, stand ein hoch aufgeschossener Mann in erregter, stotternder Verfassung und sagte: Deine behaarten Beine sind das Geilste, was ich je gesehen habe. Er bot Geld.

Es war ein anderer. Einer, der nie wiederkommt, der unvergessen in den Tod, in meinen werdenden, vorhandenen Tod eindringt. Den ich mitnehme. Seine eingerollte Zunge. Seine rauhe Nässe. Seine Finger auf meiner Wölbung. Er kniete, murmelte leise, verlockend. Er leckte die ovale Rundung unter dem Haar und stieß sacht mit der Zunge in die Spalte. Konzentrisch warb er um die Öffnung, sammelte Geschmeide ein, pulsierende Kreise. Die Angst, Fremdkörper der Gier zu sein, zog fort. Meine hilflosen Beine pressten Erde. Zwischen den Felsen, in die sich meine Verlegenheit ergoss, schwitzte Unwissenheit, erübrigte sich. Hemmungslos brach der Körper aus. Eine feuchte Flut sog wild an der Enge, führte in den empfindlichen Wahnsinn, die Härchen an der Innenseite meiner Scham richteten sich auf. Kein weiteres Gefühl in dieser Nähe, als das einer Frau mit zurückgeworfenem Kopf auf haltlosen Beinen. Im Stehen genoss ich die gefüllte Zunge eines beschnittenen Mannes. Er trug das dunkle Haar im Nacken kurz geschnitten, sonst widerborstig mit einer stark hervorspringenden Stirnwulst oberhalb der schwarzen Augenbrauen. Er hatte eine glänzende Haut. Ein sehr gefasstes, verschlossenes Gesicht. Eine Oberlippe, die sich fleischig über die Unterlippe legte, die das Kinn eingrub. Darüber eine gebogene Nase mit ausgeprägten, runden Nasenlöchern. Fein gewölbte Lidbögen, ein dunkelbrauner Blick, eingehüllt vom matten Duft seines Körpers. Er kannte keine Kanten, keine Eckigkeit. Er war sehr arm und an harte, körperliche Arbeit gewöhnt. Für die Familie, die Eltern, die jüngere Schwester. Ein paar billige Schuhe machten ihm Freude. Er zeigte sie stolz. Er weinte auch lautlos um den kranken Körper, das Gesicht seiner Mutter. Er befürchtete ihr Sterben. Er führte eine meiner Hände, einzelne Fingerkuppen an seine Wange, um es mich fühlen zu lassen. Er liebte seine Mutter, dieser Sohn liebte Frauen. Er hoffte darauf, studieren zu können. Das Militär gab ihm zusätzlich Gehalt. Er war Bosnier, ein Bosnier vor dem Krieg. Unter diesen Grillen, die nachher wahrnehmbar wurden zwischen den Pinien und etwas Gestrüpp, unsichtbar in der Dunkelheit nahe den Felsen war er es, anderthalb Tage lang, ein paar Stunden einer Nacht. Nach Deutschland zurückgekehrt, rief ich ihn nicht mehr an, obwohl er es gewünscht hätte. Er nahm dieses Mädchen aus dem vollen Saal mit, das sich beim Tanz hemmungslos gebärdete und sich abwandte in den Pausen zwischen den Musikstücken. Das ihn zuerst ansah und einfing mit ihrem schnellen, scheuen Blick. Das Erschütterung in seiner Nähe verbarg. Rede doch, sagte er, und sie redete. Die Grillen zirpten, als sie sich setzten. Sie kannte noch keine Raffinesse. Er sah sie, bekleidet, aufmerksam und nervös. Sieh mich an, sieh mich genau an, noch genauer, sagte er. Er zeigte auf seinen Mund. Er zeigte auf seine Augen. Er zeigte auf sein Glied. Er nahm sanft ihre Hand, führte sie. Er war erstaunt über diesen Moment, in dem das Abenteuer aufhörte.

Meine Schwester unterbricht es. Sie streicht mir eine Haarsträhne aus dem Gesicht. Ich kehre zurück. Sehe sie. Den Himmel. Die ockerbraune Fassadenmauer. Dahinter das Wasser dahinziehen. Ihre hellen, blauen Augen. Ihre schweren Lider, die ihre Augäpfel wie Jalousien bedecken, die kurzen, rötlich-blond vorstehenden Wimpern, dichte Pinsel. Den asphaltierten Boden. Ein weißer, beschrifteter Pappbecher liegt zerquetscht auf dem Bordstein. Eine Gruppe japanischer Touristen, die sich zwischen uns drängelt, um vorbeizukommen, in leuchtenden Shorts, mit schweren

Photoapparaten behängt, die Frauen mit leichten schwarzen Lederhandtaschen, goldbestickt. Ich hätte sie jetzt küssen mögen. Ihr milchiges Oval. Ihren kleinen, gespitzten, blutleeren Mund. Die rostroten Töne flirrten im Sonnenlicht auf ihren Haaren und versahen sie mit einem Farbton direkt über dem schaukelnden Fluss.

Wir waren schon in der Mitte der Brücke angekommen. Ich hatte es nicht registriert. Im Vertrauen auf meine Schwester nichts mehr wahrgenommen außerhalb des Rückzugs auf die Bilder. Doch etwas hatte es automatisch für mich getan: Hupende Autos und ihre blecherne Farbe, das schubweise, mühsame Getöse einer Lastwagenkolonne, die Gemüsekisten transportierte, das Geschrei einer entzückten Frau mit ausgestrecktem Finger, der Anblick ihrer fließenden Gestalt. Es war das Farbenspiel des Wassers auf ihrem Rücken, des Flusses, des aufliegenden, blutorangefarbenen Balls, der sich spiegelnd und schaukelnd hielt und in einer gleichmäßigen Bewegung aquarell-farbene leuchtende Schlieren in die flüssige, treibende Masse warf. Das Bild und wir konnten eins sein, bis auf ihren Arm, ihr herabhängender Arm materialisierte unsere Anwesenheit. Dieselbe goldene Farbe, die zwischen den formidablen Hotelreihen der ehemaligen Stadtpalazzi das Gewühl in ein Muster aus abgestandenem Geruch von Essensresten, überquellenden Abfalleimern und flatternden Röcken verfeinerte, ästhetische Illusionen ausmalend, schien auch das Gesicht meiner Schwester zu bestechen. Sie lächelte selten. Sie strich sich eine ihrer weißlich-blonden, wirren Haarsträhnen aus dem Gesicht, mit einer einstudiert wirkenden Bewegung, für die ich sie hätte schlagen mögen oder an einem Arm zart über Haut und Flaum bis zu den Pulsadern streicheln. Sie stellte sich auf ihre Zehenspitzen, wippte auf und ab, ihre schmalen, langen Füße steckten in beigefarbenen Sandaletten. Ihr Mund näherte sich meinem rechten Ohr. In ihren Wangen erschienen zwei Grübchen, die sie als Kind verabscheut hatte. „Du bist nicht da, Mirjam", raunte sie und schnipste mit Mittelfinger und

Daumen ihrer gesunden Hand vor meinem Gesicht herum. Ihre Stimme klang belustigt.

Sie war zwei Jahre jünger als ich. Sie war ein abgebrochenes Talent. Sie hatte nach einigen Arbeitsmonaten als Statistin zwei Rollen bekommen, die Rolle der Marie im Woyzeck und die Rolle der Penthesilea im Trauerspiel von Kleist, was in den Tageszeitungen der Stadt als eine kleine Sensation kommentiert wurde. Sie wurde eine kurze Weile eine disziplinierte Schauspielerin, trotz des kaputten Arms und ihrer Gebrechlichkeit Am Ende der Vorstellungen sammelte sie Blumensträuße und einzelne rote Rosen ein. Vermutlich waren ihre Rollen, ihre Erfolge, ihr materieller Verdienst für sie Zwischenstationen, Pausenfüller. Sie nahm sie nicht ernst, meine Schwester. Ich bin nicht wichtig, sagte sie. Als wir unseren Vater wiedersahen, als sie Cordula verließ und damals in dem Messingbett, machte sie Ausnahmen. Nach der Saison verließ sie das Theater. Das Haus war meine Idee. Es sollte sie von der Straße wegholen. Von der Gefahr, obdachlos zu werden, Spielball ihrer Orientierungslosigkeit, ihrer Lüste, des Schnorrens, der drohenden Illegalität.

Unsere Mutter hing im Museum. Geöffnet von zehn bis siebzehn Uhr. Montags war Ruhetag, und sie blieb verschlossen. Sie trug ein Häubchen und eine Krause, ihr Gesicht war, charakteristisch für ihre Zeit, photogener Gegenstand einer Bleistiftzeichnung. Vorgewölbt der weiche, schon leicht verkniffen gespitzte Mund, den sie meiner Schwester vererbt hatte - ohne den dazugehörigen Altweibertrübsinn. Dafür aber ihr Oval, das zum geschwungenen Holzrahmen passte, zusammen mit den Haarkringeln, die unter der sittsamen Haube hervor schrien. Jean-Auguste Dominique Ingres Montauban, 1780-1867, Paris, Bildnis der Susanne Eleonore Friederike, Bleistift auf

Papier. Erworben 1957 mit Mitteln der Adolf und Luisa Haeuser-Stiftung, Graphische Sammlung, Dauerleihgabe von Adolf und Luise Haeuser. Wir besuchten ihr Antlitz mehrere Male. Als die Ausstellung abgeräumt war, ließ sich Sascha nur schwer davon abbringen, ein weiteres Portrait zu suchen. Sie schleppte mich mehrere Male die Museumsuferstraße entlang. In diesem Jahr fanden wir kein vergleichbares Bild von unserer Mutter mehr.

Der Fluss glitzerte. Die Stadt über ihm ging schwanger, gefüllt mit Menschen, ihrem dicken Bauch. Wir trugen uns über die Brücke in ihrem ockerfarbenen Licht, ihrer zeitgleichen Allmacht, ihrer schwebenden Betriebsamkeit. Das war Florenz, als wir den Ponte Vecchio überquert hatten. Ein Getümmel aus Schlangen und Tupfen über dem Wasser, unter dem Licht. Zuerst schlugen wir die Via del Calzaiuoli Richtung Campanile ein, noch davon überzeugt, dass der Reiseführer uns als Kompass dienen würde. Wir verliefen uns. Ich sah mich oft um und schließlich aus den Augenwinkeln meine Schwester an. Die eckigen Konturen ihres Körpers waren auch nach dem Umzug in das Haus nicht verschwunden. Ihre schmale Gestalt floh vor den hinter uns über die Straßenzüge hoch kochenden, quirligen, sich vorschiebenden Massen, figürliche und grobschlächtige Ansammlungen, die quellsuppenartig mit uns die Straßen übergossen und aus allen Richtungen auf die Piazza della Republica, den Dom Santa Marai del Fiore, die nächstgelegene Boutique für Feinwäsche strömten oder eines der die heftige Hitze abhaltenden Markisen-Restaurants im Freien aufsuchten, aus deren Türöffnungen schwarzblaue Schatten auf die nächstgelegenen Tischgruppen fielen. Sie sprach kein Wort mehr, der Arm, den sie bei sich trug - ohne ein Gefühl für ihn, schlenkerte hin und her. Und ich sah ihre spitz verformten knorpeligen Knie unter dem kurzen, dunkelblauen Kleid hervorstechen und zurückweichen, hastig, schnell und ungedämpft wie ihr Atem. Ihr Knöchel am rechten Fuß war von den Riemchen der Sandale rot gescheuert. Aber sie war nicht darauf anzusprechen, wollte nicht angesprochen werden, auf gar nichts. Ihr Gesicht war so blass wie unter Puder und ohne den vertrauten Anflug von Keckheit. Sie unterlag diesen Stimmungen, seit ich sie kannte. Ihre Schultergelenke brachten mich auf den Gedanken, unaufhörlich ihre dünne Gestalt mit den spitzen kleinen Brüsten in Betracht zu ziehen. Sie waren nicht zu vergleichen mit all den anderen, die vor uns liefen, den Frauen in hochhackigen Schuhen und feinen Seidenstrümpfen und den derben Drolligen mit den burschikosen Mienen. Und auch nicht mit den schamlos von ihrer alltäglichen Dusche besessenen, in Gel gebadeten, pomadigen Stadtjünglingen, die sich unentwegt über das Haar strichen und ihre Augen sinnend im Spiegel des nächstgelegenen Schaufensters oder des Asphalts auf sich selbst gerichtet hielten. Und auch nicht mit der Hundehalterin in dem Minikleid, scharlachrot, mit Zigarette im blutenden Mund, das blonde Gesicht in Rouge und Wimperntusche und einem Hauch Robert Musil gebadet, nach niemandem blickend als nach Innen: zum eigenen kindlichen Herz, das schmollend Geld verlangte.

Neben ihr stand eine Maschine, die fortwährend in unser Ohr schwatzte und Kalenderbildchen aus der Gegenwart in die Vergangenheit und von dort aus in die Zukunft um sich blickender Etrusker in den Wind warf, der es ihr dankend zurückschlug, um so ein Bumerangsystem kapriolischer Redensarten, viel sagender Blicke und trompetenhafter Schreierei auf dem Markt in Gang zu halten. Wir bogen um die nächste und übernächste und überübernächste Straßenecke. Die von der Hitze versengten Häuserfassaden waren zum Anfassen schön, und je mehr wir uns verliefen, desto unwirklicher wurde das Gehen, Schauen, Riechen, in dieser Stille, die mit den Nebenstraßen begann und sich ausweitete, über den Straßenboden kroch und die Luft nach Sprachgerinnseln sortierte und erneut mit Licht schwängerte, so dass wir Atem holten. Ein alter, dunkelgrauer Sessel stand angeschlagen vor einer bedeckten Ladentür. Auf der anderen Seite des Rinnsteins gab es in Vitrinen verschlossene Schmuckstücke aus dem 19. Jahrhundert zu Preisen aus dem 21. Jahrhundert zu sehen. Sie verlockten mit hausgemachten Erzählungen über die ehemalige Pracht unzähliger Patrone, Mätressen und Goldschmiede, bewacht von einigen Skelettköpfen aus Gips, welche die Gelüste vorbeilaufender Touristen zu lenken hatten. Die Gasse verlief flach, rissig und abschüssig, und bei der nächsten Biegung stank es in einem malerischen Eckwinkel mit grünen Ampeln zwischen festgeklammerten, baumelnden Lätzchen und gelb gestrichenen Rolläden nach Pisse. Die Farben des Himmels und der Häuserfassade bewarfen uns mit mattem, gelbblauem Werbematerial, einem Küken, das frische Eier zu garantieren hatte, auf einem herunterhängenden Plakat an der linken Häuserfront, dazwischen Zypressen und Mohnfelder auf ferner liegendem Hügel, eine toskanische Farbimpression im handlichen Quadratformat, gestochen scharf photographiert. Eine alte Frau saß an den rauen Putz gelehnt auf einem Schemel in der Nähe, für den gehobenen europäischen Geschmack nicht weit genug vom Pissegeruch entfernt, dick, weißhaarig, mit tief gebräuntem Gesicht, fleischig herunterhängenden Lefzen, darin grabenden Mundwinkeln. Ihre schmutzigen, fleischigen Füße steckten in Pantoffeln, die sie von sich stemmte, sich mit den bloßen Fersen auf dem Pflaster aufstützend. Die müden Augen vertonten ihren stieren Nacken, der faltig in die Schulter einschlug. Sie sah uns unverwandt angewidert an. Ich wollte sie übergehen mit dem Unbehagen einer fremdes Land überziehenden Touristin, doch Sascha drehte sich im Vorbeigehen um, zeigte schwach ihre Grübchen und sagte in einem artig adressierten Wohllaut, den Kopf im Vorbeigehen gewandt: Buon giorno! Worauf die Alte gnädig ausspuckte und nickte.

Aus der Ferne der Lärm. Das Lächeln von Sascha rieb sich am Mauerrand, sie leckte das Blut ihrer Sinne auf, wurde wach, noch bevor wir es sahen: Das Kind trippelte um die Ecke, kam dann hemdsärmelig eingerissen geschlichen, an den Knien mager und braun die hohlen Wangen. Zum Herzen hin ging der Anblick des abstehenden Haares, das sich dunkel zeigte im sauber gefegten Gang. Es verschwand unerwartet und aufmerksam für seine Umgebung wieder. Wir gingen ohne Verfolgung durch Menschen, ohne Störung, Begegnung, ohne Stimmgewalt, kehrten uns ab vom Vorgang des Tourismus und den Behauptungen des papiernen Führers, der gar nichts war als blättrige Überhäufung. Die Stadt lud leise ein, mit Tönen. Ein überraschend feines Streichorchester, ein Allegro hinter einer schmalen Pforte, Zwiegespräch einer Violine und eines Cellos. Da öffnete sich Saschas Kragen, schnellen Schritts erschloss sich ein kleines unscheinbares Gemäuer, rings umwölbt von einzelnen unausgesprochenen Satzcharakteren, zyklisch floss Phantasie aus ihrem Baumwollstoff. Ihre Haut war blass, die Grübchen verfärbten sich. Sie drehte sich um, stellte sich ein auf die Vergangenheit, verschwand in der Stille dieser winzigen Größe, dieser unscheinbaren Gasse in diesem Florenz, diesem Moment des Florenz Dante Alighieris. Andacht aus Stein lag als Figur kalt und unbeweglich, verwoben mit der wahren Vision, die da Beatrice hieß, Beatrice dei Portinari, von kaum jemandem beachtet. Später kamen noch zwei Schweigsame zur Andacht hinein in diese einförmige karge Verwaisung aus umfassend gebildeter Leidenschaft. Ein Rätsel, geläutert von uns, begleitet von der Abwesenheit der Stadt: Der Altar war schlicht in seiner Form. Sascha komponierte ihre Beine und Arme zu einem Festival der Ergebenheit, der Reinheit, der Ausstrahlung in diesem Raum, sie sammelte die Noten, durch den Gang schreitend hob sie den Arm, umfasste den lahmen, ließ sich gehen, paarte sich mit dieser Religion, inspiriert von dem Schwung ihrer Hüfte, ihren schmiegsamen Augenbrauen.

Das Haar glänzte zu mir herüber, war Abwechslung im Gewölbe. Sie spreizte die Beine, Hüfte und Gesäß auf einem der Beichttische mit ihrem Körper, verführte Gedanken auf Holzplanken, die Fülle erzeugten, schmiegte sich an diesen geöffneten Sinn für ein weibliches Kind und das Leiden dieses Italieners, dieses mittelalterlichen Abendlandes, dieses Nicht-Verstehen eines unsichtbaren grauenvollen Gottes. Versunken im Augenblick, im Konzert der Einbildung, der versteckten Lautsprecher, der geächteten Kunst im Trubel des materiellen Gebrauchs von Klavier und Orchester, in einer der stillsten Gassen von Florenz, vom inneren Betrieb abgetrotzt, besah sich meine Schwester ihre leibliche Haut: Durch Einfühlung, Teilnahme am Dasein, dem florentinischen Dasein unter grauen Mauern.

In diesen Raum ergoss sich notdürftig Erinnerung. Aus halb geschlossenen Lidern sah ich zur Wand des Gewölbes. Aus einem Eisenhahn plätscherte Wasser in ein Steinbecken. Sascha lag unbekümmert um die Betenden auf einem der Holztische. Sie hatte ihre Sandaletten lautlos abgestreift und schmiegte ihren Po an die Fläche des Tisches. Mit einem Mal schnellte sie hoch, schaukelte vor und zurück und bog ihren Rücken rund, so, dass ihr Kopf ihren Schoß erreichte. In dieser kauernden Stellung verharrte sie. Obwohl das Gemurmel verstummte und wir beobachtet wurden, trotz der Vorwürfe der Umstehenden, reagierte ich auf ihr Verhalten mit Geduld. Der Mann war klein. Die Frau trug ein geblümtes Kleid mit kurzen Ärmeln. Sie blickte zum Altar. Beide waren schon alt. Sein Haar war schütter, ihres zu sehen als ein in grau gelegter vernetzter Dutt. Ich sagte: La memoria, la notte di Firenze. Sie sahen erst sich an und dann mich. Ich war übergeschnappt. Sie standen mühsam auf. Die

Frau strich mit den Händen die Falten aus dem Kleid. A proprio rischio bekloppt, murmelte der Mann, achselzuckend, vornübergebeugt. Er schnalzte bekümmert mit der Zunge. Als sie durch die Pforte gingen, drückte er seiner Frau die Hand.

Sascha wartete nicht darauf, von der kürzer werdenden Zeit in Florenz verschlungen zu werden. Sie wirkte abgegriffen und benutzt, die Zeit, in der sie ihre Tasche nahm. Sie war ihrer überdrüssig. Sie würde den Zug nehmen, der über die Schweizer Seenplatte nach Deutschland fuhr.

Gerade jetzt war sie so weit, einzusteigen, nur kam der Zug nicht.

Sie fuhr gerne Zug. Es fuhren Züge in ihrer Erinnerung. Sie fuhren durch ihr Leben. Sie war in ihrer späten Kindheit und frühen Jugend verschiedentlich Zug gefahren. Sie war zwischen Entrecasteau und Frankfurt hin und her gefahren, das letzte Stück zwischen Draguignan, Aups, den Abstecher nach Correns war sie gefahren mit Bussen und per Autostopp. In Grenoble war sie nie länger als einige Stunden geblieben, außer wenn sie weiter ans Meer fuhr. Die Zeit reichte gerade für einen ausgiebigen Spaziergang und einen Snack am kleinen Markt, fernab der Geschäftsmeile, wo die geschlachteten Puten ihre Köpfe unterhalb von Anpreisungen, Geschwätz und bunten Tüchern über die fettigen Tische hängten und die Welt mit geschlossenen Augen ergeben betrachteten - schlaff dem Leben entzogene, saftlose Körper, deren Federkleid in den Eimern unter den Tischen eingesackt pappige Klumpen bildete. Der Eintritt in eine winzige Patisserie, der Weg an den dreieckig aneinander gereihten Stiefmütterchenbeeten längs der Toilettenkabinen des Bahnhofs führte sie über die Gleise. Der Zug vor diesem, den die Lautsprecheransage als verspätet meldete, war nie angekommen. Der Güterverkehr war eingestellt worden, schon vor ihrer Geburt. Aber sie hatte die alten Wege gefunden, die ausgetretenen Schneisen über die Gleise im Laufen nachgeformt und dazwischen die tanzenden Zeilen erkundet, die, ordentlich aneinander gereiht auf diesem Papier, sich unmerklich mit dem Bild vermischen, das im Museum hängt in ihrer Erinnerung, während die Ausstellung durch die Welt fuhr.

Die Mutter, Eleonore, hatte das Buch in der Hand gehalten in ihrer weißen, gereinigten und gebügelten Nachtwäsche, hervorschauend aus dem vertrauten, hingekritzelten Antlitz, das im Städel hing für ein Vierteljahr und dessen schriftliche Bedeutung am Rande des Gemalten in die Gegenwart rutschte. Eine Übersetzung in die Jetztzeit des Mädchens, dem sie vorlas aus dem Tod, aus dem sie jeden Abend erwachte, diese sanfte Mutter mit ihrem gespitzten ungefüllten Mund, der Bekundungen aus nie erlahmenden Ansammlungen von Wortketten über die Maschine aveugle et sourde von Baudelaire nicht vermied, geschöpft aus der immer gleichen Passage über das grausame Maschinenweib, die sie vorlas, und aus der sie sich und andere, vornehmlich dieses jüngste Kind, zu unterrichten hatte über das, was sie waren, geworden sind. Und mit genugtuerischer Betonung dieser Annahme über ein Werkzeug, welches sich des Blutes der Welt bedient, stellte sie die für sie richtige für Sascha vernichtendste aller Fragen: Comment n`as-tu pas honte et comment n`as-tu pas devant tous les miroirs vu pâlir tes appas? Mit dieser Frage nach der Scham über weibliche Reize wischte sie jede andere nach dem Entrinnen fort, indem sie immer die gleiche, die große, niederschlagende Weisheit über Sascha ergoss, weil sie sie mit Baudelaires Bosheit, dem Bild von der Königin aller Sünden verfolgte: Eingeklemmt auf ihrem Stühlchen vor den Füßen ihrer Mutter wurde sie in dem Schauer der Worte gebadet aus mütterlichem Mund, bedroht vom Blättern im Buche. Ihre Haut nass unter den kratzenden Strumpfhosen. Die Vorwürfe erschienen ihr kannenweise ausgekühlt und verdunstet unter dieser Aufsicht, die sie erfasste, je höher die Mutter die Stimme hob, Sprache des dichterischen Jargons über Sascha, um niederzuprasseln, niederträchtig wie sie war, von Natur aus blind, unwiderruflich abgegriffene Weibsperson, geschichtlich geformt, grandios verfälscht und betrügerisch durch himmlischste Absicht ein Genie zu gebären, entlarvt mit diesen Worten der feinen Dichterstimme: La grandeur de ce mal... Der Blick der Mutter glitt aus der Frage hinaus über das Meer an der Wand, über das leise Ticken der Standuhr und die Schwermut der geöffneten braunen Vorhänge, abgemildert durch die schmalen, baumelnden Quasten seitlich der verschlossenen Wohnzimmerfenster. Sie scheuchte das Mädchen in ihre Qual, ihr bleibendes Unerlöstsein, Geborene, um zu gebären, in ihrer Schmach, sublime ignominie!

Auf diesem Bahnsteig der flüchtigen, dahin eilenden Erinnerung stand sie, Tochter ihrer Mutter, mit der seufzenden hohen Stimme seit mehr als einer viertel Stunde, ihrer Schwester auf dem schmalen Steg wieder gegenwärtig, weitaus gegenwärtiger als der Mutter Eleonore, in Anbetracht einer links und rechts bezopften Frau, die neben ihr stehend einen sich steigernden heiseren Schrei in den Telefonhörer schlug, den sie ans Kinn gepresst hielt: Sie zerrte dabei an der Schnur und schrie Avanti Avanti Avanti.

Das war als Witz zwischen zwei deutschen Haltestellen parodiert worden, in einer Zeit, bevor sie den Zug nahm. Es war weder neu noch glaubwürdig, die Frau schüttelte den Kopf und schnaubte verächtlich.
Sascha hatte der Schwester, die neben ihr stand, am vorigen

Abend gesagt, sie nehme den Zug. Wenn du den Zug nimmst, kommst du womöglich zu spät, hatte ihre Schwester gesagt. Das ist dummes Zeug, antwortete Sascha, und die Frau schmiss den Telefonhörer auf die Gabel. Ich werde den Zug nehmen und aus diesem gemeinsamen Aufenthalt herausfahren, aber. Sascha deutete auf die bezopfte Frau, nicht mit ihr im gleichen Abteil. Die Frau fühlte sich angesprochen. Sie drehte sich zu uns. Ich werde mit Ihnen Zug fahren, sagte sie, wohin sie wollen, am liebsten nach Deutschland. Aber ich will nicht, sagte Sascha, nicht mit Ihnen. Sie sind nicht so für das Telefonieren, sagte die Frau, und nicht für ein lautes Gespräch in der Öffentlichkeit, nicht wahr? Ich bringe es ihnen bei. Im Zug, was halten sie davon? Wenn Sie nicht telefonieren können, nützt ihnen auch der schnellste Zug nichts. Sie können nirgendwo ankommen ohne Lautstärke in der Öffentlichkeit. Ich brauche keinen schnellen Zug, sagte Sascha zu ihrer Schwester, und ich verstehe die Frau nicht. Sie wandte den Kopf zu der Frau. Doch, sagte ich, du brauchst einen. Du musst jetzt einsteigen. Ich hasse das Ankommen, sagte Sascha, ohne die Frau weiter zu beachten, ich liebe das Einsteigen, die Suche nach einem Platz in einem Wagon, das Geruckel und Geschleife auf den Schienen und die Einsamkeit. Wenn Sie nicht wollen, sagte die Frau beleidigt, steige ich in ein anderes Abteil, wenn der Zug einfährt. Dieser Zug kommt sowieso zu spät. Er kommt immer zu spät, und wenn sie eingestiegen sind, merken sie an jeder weiteren Station, dass er nicht rechtzeitig ankommen wird, weil er sich verspätet hat. Wie immer. Er wird früher oder später ausgetauscht werden gegen den Busverkehr, eine Autobahn, ein Flugzeug oder mindestens einen Schnellzug unter Umgehung dieser Gleise. Ich fahre mit ihnen nach Deutschland, sagte Sascha, ich fahre mit ausnahmslos jedem Menschen, nur nicht mit diesem Mund. Es ist mir zu schnell, ihr Geschwätz, sagte sie entschuldigend, auch zu laut. Dies ist meine Ansicht: Ein Zug, der zu schnell fährt, ist kein Zug mehr, er ist ein überproportionales Schiff, ein fliegendes Schiff. Sie könnten jedoch auch einen Teppich nehmen. Ich nahm ihr die Tasche ab. Die Lautsprecherankündigung und der Zug trafen fast gleichzeitig ein. Die Frau lief ein paar Schritte weiter. Wind kam auf, zerrte an den Aufschlägen ihrer weiten Jacke. Ich werde mich in Deutschland besinnen, rief sie. Das Telefonieren ist auch in Zügen sehr hilfreich, glauben Sie mir. Es ist eine Frage der Gewohnheit. Avanti. Verstehen Sie? Das Quietschen übertönte Saschas Antwort.

Der Schaffner trat zuerst aus dem Zug. Hinter ihm stiegen ein paar Leute aus. Der Zug liegt eine Weile still, sagte er höflich auf Italienisch. Er wiederholte es in einwandfreiem Englisch. Es gab eine Panne. Ein Mensch hat sich getötet. Etwas unbedenklich, in einer Aktion, verstehen Sie, auf den Gleisen. Polizia, sie müssen kratzen. Der Schaffner lüftete seinen Kopf, er blickte abwechselnd von der Frau, die etwas abseits stand, zu Sascha. Sascha hielt ihre Tasche an die Knie gedrückt. Die Frau sah sie an. Sie schüttelte den Kopf. Ich werde telefonieren, sagte sie. Er hätte sich etwas anderes einfallen lassen können, das ist asozial, sagte ein Reisender aufgebracht. Sie können den Tod damit nicht verändern, rief Sascha ihm zu. Es war ein Mann, sagte der Schaffner. Der Zug fuhr nicht sehr schnell. Da haben sie es, sagte die Frau. Ich muss jetzt telefonieren. Haben sie etwas Kleingeld? Sie wandte sich an mich, dann an den Schaffner. Ich steige jetzt ein, sagte Sascha und stieg in den nächstliegenden Wagen des Zuges. An seiner Außenseite klebte frische Werbung. Sie las, während sie einstieg, entfernte sich, während ich mich entfernte. Sascha nickte. Wir trennten uns. Der letzte Blick fiel auf das Plakat an der Außenwand des Zuges. Es zeigte ein ansehnliches Mädchen mit einem hellhäutigen Kind auf dem Schoß. Daneben lag eine Schachtel Kondome. Sie saß in einem Abteil, mit ausgestreckter, unberingter, linker Hand, aber sichtlich geehelicht durch die Überschrift.

Ich bin, in Gestalt einer Frau, die Vernunft.

Zurückgekehrt saß ich einsam unter drei blinkenden Sternen. Ich aß unbekannte schokoladenüberzogene künstliche Kakteen. Ich schluckte sie alle, eine nach der anderen. Dazu trank ich einen Weißwein mit der Flaschenaufschrift Botticelli.Mein Atem streifte meine Handfläche. Ein Mann trat zu mir auf die Terrasse. Es war zugig. Die Farbe Schwarz zog sich in Streifen bis zum Blauton. Hinter dem Blauton fieberte ein gelblicher Schimmer. Die rote Farbe tauchte unter. Fünfunddreißig Blitzlichter rissen ihre Mäuler auf. Der Mann war sehr nah an mich herangekommen. Er war mir vertraut. Auf den anderen Terrassen rührte sich nichts. Ein Hund jaulte im Ort. In der Ferne knirschte der Kies. Das Geknirsche wurde in kurzen Abständen lauter. Licht flutete in den Innenhof. Ein Pärchen ging umschlungen. Sie traten vor meine Augen, einige Meter von der Balustrade entfernt blieben sie stehen. Ich spürte den Mann in meinem Schoß. Ich spürte, wie er um Einlass bat. Die Nacht hatte erst begonnen. Das Pärchen war noch jung. Sie gingen am Bassin vorbei, an der steinernen Fassung. Ich sah seine Berührung ihres Schlüsselbeins, des Knochens an der Schulter. Sie hob sich für ihn auf. Er streckte sich nach ihr. Die Hände des vertrauten Mannes legten sich auf meinen Bauch. Die Nacht war niemals so von einem lauen Duft süßer Befangenheit erhitzt. Sie hatte durch Ohren, Nase, Mund Einlass gefunden und sich in meinen Körper eingerollt. Sie trug den Wahn zu meiner Lippe. Ich vögelte ihn warm, um nicht melancholisch zu werden. Er saß schaukelnd auf gepackten Koffern. Das Paar küsste sich, er dunkel, sie heller, sie wogen einander ab. Sie standen unter Palmenwedeln. Ich schob den störenden Stoff von meinem Körper. Meine Brüste waren weich. Die Haut am Bauch war kühl. Die Schamhaare zitterten über der

Lippe. Mein nasser Raum seufzte und rief. Der Mann dehnte ihn, umstrich die Knospe mit seinem Unterleib. Der Mann umfasste die Frau am Kopf. Die Frau stützte sich mit einer Hand an der Einfassung des Steingemäuers ab. Sie senkten die Köpfe. Die Nacht umschloss das Licht und ihr Haar. Ich öffnete meinen Flaum für den Stoß. Er nahm den Himmel und ließ den Saft ein, in die Tiefe. Das Knirschen und Kreisen bäumte sich im Bewusstsein auf. Sein ganzes Sein nahm meinen Leib. Die Frau löste sich von der Mauer, sie lachte leise. Der Mann fiel darin ein. Die Tür hing nie so in den Angeln. Sie quietschte, als der Unbekannte sie hinter sich schloss. Mit der Dämmerung verschwand das Paar. Am Tag meiner Abreise war ich allein.

Allein mit dem Tod unseres Vaters.

Hugos Tod kam mit einem Infarkt, der sich ergab aus den Regeln für den Übergang von einer Tonart in die andere und ihre schrillen Dissonanzwirkungen. Er brüllte die Bedeutung von Akkordfolgen schrittweise ins 21. Jahrhundert. Es gab keine einheitliche Harmonie, keine Lehre seiner Stilrichtung, keine spezifisch harmonische Wirkung, außer der durchschlagenden seines Sauerstoffverbrauchs, unmäßig geregelt bis zur Zerstörung seines Herzmuskelgewebes, abgeschlossen durch Gefäßwandschäden, durch Herzkranzgefäßverschluss. Sein Zug fuhr in den hintersten Bezirk zerstörter Herzmuskulatur, und, am Bahnhof angekommen, glaubte niemand an die Endstation durch innere Verblutung. Sein schicker Zweisitzer war für Erregung nicht zuständig, nicht für Gefäßverschluss und Verkalkung der Herzkranzgefäße und nicht für uns. Fahlblasse, schweiß-getränkte Haut war die immer öfter vorkommende Abweichung vom normalen Bild, aus dem der Infarktschmerz nur dumpf und schlecht zu orten war, aber sie machte sich gut, diese Farbe, ein ausgesuchtes dunkelgrünes Metallic. Sein Bild hing dort, wo wir ihn stehen, sitzen und liegen sahen, bequemlichkeitshalber und ahnungslos. Es strahlte hinter dem Brustbein in die Umgebung aus, linke Schulter und Hals öfter betroffen als rechte Schulter und Kopf, bohrende Schmerzen im Rücken und bauchwärts waren vorgekommen, begleitet von Todesangst und Vernichtungsgefühl. Die schlagartig sich einstellende Kreislaufstörung wurde zum diesjährigen Thema der Börsenparty unter den Herz-Jesu-Gemälden, die das Städel im selben Jahr zu bieten hatte, in dem unsere Mutter nicht als Symbol des Großen und Ganzen, eher der geringen Einnahmen wegen wohl wert befunden worden war zu seiner Behandlung samt strengster Bettruhe, und zuletzt durch Wiederbelebungsversuche. Sie war durchgängig geöffnet zur Begutachtung der französischen Malerei. Überlebensübungen waren laienhaft unternommen worden. Auch der Rettungsversuch in der Klinik durch Behandlung mit elektrischen Stromstößen war durch Mutters Augen als Akt aufopfernder Liebe zu verstehen, die jedem sterblichen Rest eine Würde verlieh, die aus Dornen gemacht, zur Verehrung führte: Aufgemalte Andacht war nach dem Vorfall unter den Leuten, die in einer Vielzahl hintereinander begehbarer großer Räume sich auf Einladung trafen um des Gesehenwerdens willen.

Unter den Anwesenden befand sich geschwind, fast unsichtbar, meine Schwester als Bedienung unter Anstellung einer großzügigen Gebärde ihres Vaters, der ihr Anleitung gab. Sie vergaß es nicht. Spät, am Ende des Abends, lang nach Mitternacht, kurz bevor er zu sterben begann, fragte sie leise und kaum hörbar: Wo beginnt die Wahrheit und wo hört sie auf? Niemand, der das wissen wollte, wurde von ihr zur Kenntnis genommen, aus Zeitgründen: Champagner, Trüffel, Zigaretten, ich kann Ihnen auch Feuer bieten. Einen

Moment noch waren die letzten Lichter im Dunkel des gähnenden Rondells zu sehen, dann war sie im nächsten Raum, an unzähligen Tischchen standen sie herrenweise, dazwischen einzelne Damen zum Ansehen, traten hervor durch den Friseurbesuch, den angelegten Schmuck auf Haut, Gelenk und Falte, von Alkohol durchtränkte Spitzbärte legten sich kokett auf die Schulter und lüsterne kleine Schweinsäuglein dezent auf die Hüfte der unangetrauten Nachbarin, Sascha hatte zu tun mit dem Servieren.

daswardietaschengeldfrage, schwester

Über steilem Pass hinter verglastem Motorengeräusch nahm der Blick auf der Heimfahrt hinter Florenz gefangen. Das Meer über Dächern färbte das Aussehen der Häuser, spiegelte den Himmel ins Gedächtnis und den Abschied von florentinischen Landschaften. Das Hupen holte die Karawane in den Blick zurück. Eine schwarz angelaufene, ferne Zypresse zwischen zwei Hügeln im Brennglas der Sonne war zu sehen, dann galten nur Kupplung Gangschaltung Bremse: Sascha wurde es regelmäßig schlecht, bevor wir die Grenze erreichten, doch das Blau hätte ihr gefallen kurz vor dem letzten Abschnitt an der Küste, der plötzlich eintrübte zwischen seitlich überholendem Passat, Wind und blasser Planke. Fahrstreifen rissen seitlich Streifen ins Auge. Rare helle Lichtflut schimmerte aus einer Wolkenritze, letztes Stück Meer.

Mirjam, das ist nicht wahr. Das ist nicht die Wahrheit. Ein Teil davon ist gestohlen. Die Einbildung ist von Dir übertrieben worden. Das Leben ist schön. Das Leben ist weiß. Das Leben ist ein Leichentuch. Ich hänge darin, umwickle mich, Interieur dieser Fleur du mal meiner Mutter. Es wird mich nicht zerreißen, wenn das Tuch, gebunden um meinen Körper, die Erde berührt. Es ist größer als das Baby in einem Bauch. Es ist unumgänglich, dass mein Körper einsinkt. Es ist eingeschrieben, eingraviert in den Ring, der die Angst sterblich macht. Als wir Cordula damals einließen in die Wohnung, du erinnerst dich an diese zwei Zimmer, in deren einem sie zusammensackte, um von da an in der Ecke zu schlafen, immer nur in dieser Ecke, war es so. Mirjam, du ändertest deine Verbindung in unserer Sprache. Du verstehst nichts vom Leben in der Ecke. Eckwesen als solche passen nicht in dein Sensorium.

Es war Verwirrung, Cordulas Anwesenheit, die nahe tritt. Eine Nähe, die Mirjam, meine Schwester, nicht wünscht. Sie sperrt sich gegen verführerische Verwünschungen, sie führt unaufhörlich Regie. Das tut sie seit den Tagen, die ihr endlos erschienen sind, Eleonores schriller werdender Stimme wegen und Hugos, der uns dirigieren wollte.

Hugos Tränen wanderten ohne Unterlass über seine pockennarbigen Gesichtshälften. Sie nahmen zu auf dieser Börsenparty: Es gab Schinkenröllchen, die er nicht vertrug, aber trotzdem verschlang. Ich ging herum und verdiente einen Teil des Geldes für die nächste Reise Richtung Barjols. Dort sah ich stets nahe den Weinkisten und dem Wortwechsel wegen der Vorbestellung, die schieferfarbene Sonne über den pastellierten Häuserzeilen scheinen, und Madame Bouteris unter den felsigen Abhängen fütterte das Kind in meinen ausgeliehenen Sandalen. Diese langlebigen Fische, es waren Forellen - und Baguette, die ich stückweise vorher auf den Tischen in die Schalen füllte, von jedem Stück zu viel, ich weiß, Madame. Diese blauen Fische in dem grünfädrigen Schlick am Rande des Dorfes. Die Sprache des Pfaus: Je ne vais parler de rien. Deshalb hatte ich, anders als meine Schwester, zu Hugo nie die Beziehung, die man zu einem Vater gewöhnlich hat, wenn die Lüge nicht offensichtlich in Abwesenheit umschlägt. Mirjam hielt sich immer an die Reste einer Vereinbarung, die die kürzere Zeit der Kindheit überlebte. Sie musste kriechen, bis sie den Boden sah. Ich wanderte auf ihm, hielt mich so dicht wie möglich an Eleonores Körper. *Das war sie doch, die Taschengeldfrage, Mirjam.* Es kamen Gäste aus der Stadt, dem Rundfunk, einigen Fernsehsendern, und vor allem die Leute aus dem Vertrieb. Die jungen, frischen, für den Abend bestellten Germanistinnen aus der Goethe-Universität waren nicht älter als ich, zwischen diesem Betrieb aus Glamour und teurer Schminke, nur schöner, naiver, die Beine zeigten sich großzügig beim Laufen, ohne Leder, Strapse und Schurwolle. Der Ausdruck weiblicher Unbedarftheit und Konfetti im Haar baten unverfänglich um Anerkennung für eine Hand voll Euros und einen reizvollen Anblick auf Hintern. Nur die besoffeneren Männer wurden ausfällig und hielten sich ansonsten tapfer an ihre Kippen, das Geräusch des Inhalierens gleichmäßig über die Räume verteilend. Sie gingen erst spät in den Puff oder nach Hause und ließen dann ihre Bücher, Perücken und Zeitschriften in den Schubfächern der Autos liegen. Hugo war einer dieser Börsianer, dezent zurechtgemacht, auf dunkelgrau gestutzt und zudem Kunsthändler, von der fadenscheinig feineren Sorte des stilsicheren Strategen - das hat Mirjam nie recht glauben wollen, bis sich zeigte, wie abgestimmt er den Einkauf unserer Mutter im Hinblick auf das Bild vorgenommen hatte. Das Bild von ihr war sein Reichtum, seine Armut, unser Lebenssinn. Mir wurde vom Ansehen und den darin eingehängten Schwaden aus Fischgeruch plötzlich übel. Der Koch tätschelte meinen Arm, während ich auf zehn Meter Hugos Mund sich öffnen sah, und aus den Treppenzügen quollen viertelstündlich unter Beobachtung der anwesenden Wachleute Damen in Perlen und Männer in gereinigtem Hemdschweiß über die Stufen. Einzelne Lichtketten ließen das Tablett des Kochs silbrig aufschimmern, während ich die Gläser einsammelte: Er hieß Anton und war nett in seiner Aufdringlichkeit, er sortierte die Gräten hinter meinem Rücken, er war pervers, denn er liebte seinen Zeh, den er mir durch ein Loch im Strumpf zu Beginn des Abends entgegengestreckt hatte. Sascha, er will dich, sagte er zur Vorstellung. Willst du nicht? Er ist gekühlt. Ich habe Übung, wenn wir uns nachher an einen Tisch setzen, zeige ich es dir. Ich sagte nichts, ich lachte nicht, ich nickte und er wusste, es ging nicht. Er war zu einsam, sein Zeh war keine Abhilfe. Er war zu klein und zu hilflos, um nicht für den Rest seines Lebens einsam zu bleiben. Er hatte diese Feigheit, die zu den falschen Mitteln greift, zur immer gleichen, einer nicht vorhandenen Frau. Dann kam der schlaksige Boy vom Getränkeservice mit den frechen Knopfaugen, die schon an meinem Flaum genuckelt hatten, ohne mich zu kennen, schob mir einen Zehndollarschein in den Ausschnitt und streifte seine Lippe an meiner Achsel. Ich blähte die Nasenflügel auf und wies ihn zurecht, und er nahm seine Zungenspitze aus meinem Ärmelausschnitt und sagte, mein Vater finde, ich hielte mich gut.

Unser Taschengeld, Mirjam, das ist älter als du. Es wird uns gezahlt für die Schuld unserer Geburt, und jetzt und immer wird es so sein und verschwinden mit dir und mit mir, und irgendwann wird dieses Kind hier, dem ich meine Sandalen gab, nichts mehr von den Fischen lernen. Siehst du, hier in den Straßen lese ich aus den Einkaufswagen die Anzahl der Strahlen des heiligen Scheins ab, der den Anwesenden über den Köpfen hing, als wir unseren Vater wiedersahen, unter den lohfarbenen Jüngern an der Wand zwischen den rauchigen Schwaden, während er verreckte in der Grube des vom Weg abgekommenen Wanderers. Mirjam, du verstehst nicht, dass unsere Mutter auf ewig im anderen Saal des

Städels hätte hängen bleiben müssen, du verstehst nichts von dieser Gegend, in der der Staub an den Straßenschildern klebt und das Gestrüpp am Wegrand die Weinstöcke vor den Gemäuern ziert.

Das Gerumpel des Autos, aus dem ich gestiegen bin, schliff an den Mauerresten entlang, einen Nachhall erzeugend. Zwischen den kleinen marmornen Kieseln und den Halmen unterhalb der Abhänge mischte das Licht milchige Luft in die Unwirklichkeit meiner Ankunft. Die Oliven hier haben Zeit, von den silbrigen Bäumen zu fallen, die Terrasse ist hell verputzt und frisch verspachtelt. Die Stille über den niedrigen Dachschindeln spiegelt sich nicht in den Sprossenfenstern. Der Widerschein der braunen Fensterläden zieht hauchgelb über die Dinge. Wir waren nie zusammen in Correns, Mirjam. Du bist diesen Blumen aus dem Weg gegangen, dem dicken Buch auf der Veranda, diesem Moment ohne harmlosen Vater. Hier werden Stillleben gemalt. Es ist eine Frage des Symbols, Mirjam, der offenen Straße, des Wegs zur unio mystica, des Interieurs im kleinen Salon, der Museen. Mutter trieb uns einmal oben im Norden über die Bucht hinter Quimper hinaus, verlor ihre Sandalen, ging barfuß durch den Schlick, sodass sich ihr Antlitz im Wasser verlief, ohne die Fische zu sehen. Die Fische, in diesem tiefen Blau, gemalt von Klimt, das auf uns zukam.

Der Trödlerladen im Woyzeck war es. Und die Marie. Darum mochte ich kein Theater mehr spielen. Wir hätten uns besser verstanden, wenn du dies in deinem Kummer über mich verstündest, Mirjam. Wir können nicht gehen, Sascha. Es ist im Judentum nicht anders. Von der Jungfer zum Muttertier, oder bist doch nur ein arm Hurenkind. Das ist historisch. Auch du musst Geld verdienen. - Mirjam! Gespielt wird die Karikatur vom Juden: Er soll einen ökonomischen Tod haben... als ob's nichts wär! Und es ist doch Geld. - Der Hund! - Das wollt ich nicht, Mirjam. Wir haben schon lange keinen so schönen Mord gehabt und dazu den Juden. Die Penthesilea war mir etwas lieber. Aber die Reife zum Tod, versteh doch, Mirjam, ich habe sie nicht. Das Theater ist überall, also auch in dieser Rolle, Sascha. Ich bin für etwas anderes empfänglicher. Zum Beispiel für unser Messingbett. Für das Versinken in Stimmungen. Sascha, hör auf. Auf der Bühne geht das nicht. Nein. Es war ein Verlust, den du nicht wolltest, Mirjam. Wie den von Mutter.

Deine Krankheit wird zum Verkauf angeboten, Sascha. Mutters Mutter kannte das noch: Lange vor ihrer Hochzeit. Statt der Aussteuer wünschte sie sich eine Reise in die Bretagne, wobei sie beides bekam, Aussteuer und Reise. Mutter wollte es zwischen uns aufteilen, eine Person für die Aussteuer und eine Person für die Reise. Wir haben uns nicht gefügt. Wir entzogen ihr ebenso Kraft wie die Pflege des Vaters. Nach ihrem Tod hast du das auf deine Insel mitgenommen. Deine Krankheit ist eine Insel. Du entfernst dich von allen und bist auf Reisen zwischen den Ansichten. Frankfurt dagegen wurde meine Aussteuer. Eine Stadt, in der die Armut nicht so ansehnlich schläft wie in deiner französischen Provinz, hinter deren gekippten Fenstern Backduft ausströmt. Eine gedehnte, langweilige Form der Gewöhnung hast du dir angeeignet zwischen rissigen Felsen und staubigen Böden, dem Wein und den alten klösterlichen Befestigungen, den Bewässerungsanlagen und der netten, einfachen, mitunter feindseligen Unverständlichkeit der Provençalen. Die hast du allmählich durch Bekanntschaften aufgelockert, in deine Krankheit überführt, zwischen unscheinbaren Wegweisern und unbegradigten Flüsschen oder einem kargen Unterschlupf. Wenn du gehst, wirst du dort ankommen, in deiner Krankheit, der Krankheit, die südöstlich von Correns von den Spielkasinos zwischen den Palmen gepflegt wird. Dafür gibt es ein Bild ohne feste Umrandung, weil ich nicht sehe, wo es aufhört. Es spannt zwischen Mutter und dir mein Hirn ein in die nuit étoilée, da hast du des cyprès gefunden, und dazwischen spannt Mutter ihr Gesicht ein in Flächen, um die der Mond kreist. Von den Wirbeln und der Sonnenmembran, die sich in das Blau versenkt, wäre das Meer nicht mehr zu unterscheiden gewesen. Die Zypresse steht im Vordergrund, dunkle, rötliche Fackel einer Leidenschaft, die das kleine Städtchen an den Felsrücken drückt, zwischen dieser Gewalt, der Krankheit und Mutter, die Wirbelstürme nicht verkraftet. Und hinten, ganz hinten links zwischen dunklem Gestein und Lichtflut, auf dem

Gleis, das zu unserer Kindheit zurückführt und zu dem Mann, der das Mädchen traf, geht Vater schräg aus dem Bild. Das ist Komposition und ich füge mich, seit du den hellsten Ball auf dem Bild, diesen glühenden Kern, der gestrichelt und sausend sich um uns dreht, mit der Zypressenspitze in Verbindung brachtest, die uns berührt, immer berühren wird, unzertrennlich sein lässt. Mutters Mond, ihr Mund glühte ausgelöscht in der Nacht, ein Nachhall der Lektüre dieses Buches auf der Veranda, und das rote Dach, unter dem du wohnst, kann es nicht ungeschehen machen. Mutter wollte die untergehende Sonne ganz schwarz und bleich den Mond, weniger gelb, als der Maler es handhabe, aber sie ging nicht mit auf der Naht zwischen dunklem Gebirge und weißlichem Haargebirgsschimmer, sie verneinte Vaters Ende im Städel unter den religiösen Reliquien auf dieser Börsenparty. Es ist jetzt da, das Ende, seines und ihres. Er röchelte, und sie war nicht sichtbar, als sie ihn pflegte. Sie hatte das Buch aus der Hand gelegt, machte Handreichungen bestehend aus Medikamenten, Seife, Handtüchern, Laken, Umschlägen, Fütterungen. Das Geld auf den Konten reichte noch für den Preis, den das turmhohe Haus mich kosten sollte. Du hast das Taschengeld in Frankreich versteckt, Sascha, du hast investiert in eine Krankheit ohne Ausbruch.

Mein Arm, Schwester, ist eine Gedächtnisstütze. Er ist ein totes Anhängsel meines Leibes. Die Erinnerung an den Geldwert ist mit ihm verbunden. Den Wert, den Vater stets bezahlte, er bezahlte ihn für uns alle und entfernte sich, indem er bezahlte, entfernte er sich, und auf dem Weg von der Terrasse und dem Haus legte er diesen toten Arm um mich, der seither zu mir gehört, und sagte kurz vor dem Gespräch mit einem der einladenden institutional investors „say interest rates could be heading higher", und London und New York rückten in unsere Nähe, und die Gleise, auf denen wir uns trafen, führten nicht auf food producers and pharmaceuticals wie nach Ausbruch der Krankheit, als die

Taschengeldfrage in sich zusammenfiel, denn er lag auf dem Boden. Die Anwesenden verhüllten ihre Empörung über seinen unfreiwilligen Kniefall mit einem Gebärdenkanon aus überraschender Eile und Hilfsbereitschaft. Schnallen um den zuckenden Leib beim Abtransport waren auch später den Anblick wert, das Glas zu heben und am Champagner zu nippen, Schlückchen weise bedauerten sie diesen Abgang, der nur ein Zwischenfall war, kein Highlight, money goes where money is working on the regional rotation behind our house. Das ist so, Mirjam, in der Stadt und in Dantes Kirche, und dem Geschlecht der Medici haben wir zu danken, dass Mutter das Buch in die Schublade zurückschloss, aus der ich es später wieder hervorholte, mit meinem gesunden Arm, dem halbseidenen Atem, dem Lungenflügel, der in Frankreich überlebte.

Davon ist noch niemand gestorben, nicht davon wird man obdachlos, Sascha. Nein. Also ist es doch nicht das, was du sagen kannst. Ich spreche von Hugo, Eleonore, von ihrem Sterben. Du intervenierst mit deiner Weigerung, Sascha. Ich habe unseren Eltern einen Namen gegeben. Und uns, Cordula. Sie kam ohne dein Zutun in mein Seminar, Sascha. Aber sie hat diese Nische nicht erfunden, Mirjam. Und dein Name steht im Telefonbuch dieser Stadt. Das ist wieder eine Frage der Komposition. Warum lächelst du? Antworte, Sascha! ...Es ist keine Frage der filmischen Deutung. Cordula ist eine Geliebte. Sie ist schön. Sie ist nicht unangreifbar. Sie ist nur flüchtig zugegen. Du kannst das nicht begreifen, nicht in dieser Stadt. Das Haus gefällt dir also nicht? Es gefällt mir sehr, Mirjam. Aber warum? - Es zieht uns fort. Es wird uns in den Strudel ziehen, es wird zusammenbrechen. Wo ist unser Ort? Die Nische, aus der man rechtzeitig aufbrechen muss. Die Sauna? Es ist ein rätselhafter Ort.

Dann wurde es wieder Morgen. Dieser, an dem wir zu tun haben mit dem Tod ohne Vorbereitung auf die Wahl, die unser Leben antreibt. Und es wurde Abend, Wärme gewährendes Beinkleid, Herzrhythmus eines im Gleichklang befindlichen Augenblicks. Dazwischen lag der Mittag, seine Arbeit, das Gefühl für die vielen, das meine, das einst und das immerdar. Aufgehoben lagen wir in der zerstreuten Ansicht auf das, was die Maschine dem Herz lassen musste, sollte es schlagen, den Befehlen und Anweisungen der Geburt folgen. Das war das Brot für alle, das nicht reichte. Es reichte vorne und hinten nicht, es wurde zermahlen von der Maschine, die den Herzmuskel straffte. Auf der anderen Seite des Kontinents wurde der Reis geerntet und eingefahren wie der Kaffee, und wurden die Bananen in tief gebückter und gestreckter Haltung gepflückt. Und die Fladen glühten noch auf dem Rostblech. Die umgestülpten Toten lagen unter den Sohlen der Militärstiefel.

Das Messingbett war eine Schaukel auf dem Wasser, in das wir unsere Füße hielten an diesem Morgen. Mirjam glaubt nicht, dass es der Sand war, der uns schließlich aus dem Federkleid trieb, der von der Fensterbank zu uns hinüber wehte, vom Wind getragen, der den Rahmen mehrmals auf- und zuklappen ließ, und der in unsere Augen Tränen trieb. Sie glaubt, dass es der Abschied war. Sie wollte die Treue halten, bevor sie aus dem Bett stieg. Sie schlug das Glas Wasser aus. Sie machte es auf eine Art, die eine eindeutige Aussage enthielt. Sie schüttete es sich über den Kopf. Ich ließ sie nass liegen und ging ins Haus, in die untersten Räume, um ein Handtuch zu holen. Ich schlug die Tür auf und lief die Treppenstufen hinab. Ich lief, die letzten Stufen nahm ich zweifach, der untersten Stufe folgte ein neuer Absatz, und ich lief eine neue Stufenleiter herab. Ich bekam ein Schwindelgefühl und musste mich am Geländer festhalten. Ich begann zu schwitzen. Mir fiel die unerreichbare Schonung in Cordulas Nische ein, aber ich zwang mich, weiter zu laufen, dem Rundgang zu folgen. Nach weiteren zwei Treppen, die ich bisher wenig beachtet hatte, ging es Stiegen weise nach oben. Ich wollte nicht umkehren, dazu hatte ich mich schon zu weit entfernt. Das Handtuch lag in unmittelbarer Nähe meines Gesichtskreises, aber es erschien mir jetzt unerreichbar. Alle Treppenabsätze glichen sich, in ein überscharfes Licht getaucht, durch das ich watete ohne festen Halt. Als ich die Tür unseres Zimmers wieder sah, am Ende eines spiralförmigen Schlauchs, bildete ich mir ein, dass ich das Messingbett doch nie verlassen konnte, dass es mir gleich in die Quere kommen würde, dass der Weg zwischen den Gleisen immer wieder vor die Füße meines Vaters führte, dass das Labyrinth nur diesen einen Ausgang kannte, der über die Taschengeldfrage hinaus auf Mirjam traf und den ich finden musste: Es war der, der zum Aufenthalt in der Sauna gehörte.

Sie lag eingehüllt. Die Rippenbögen rundeten sich unter der bleichen Haut, verflachten zur schmalen Hüfte hin, breitflächige Mulden sah ich hier und da unter dem geraden, weißen Lakenrand, der sich mal säumend in sie hineinfaltete und mal über sie wölbte. Die Hände waren nicht mehr jung, es waren keine Kinderhände mehr. Sie waren noch nicht von Falten überzogen, sie hatten Zeit, sich als vorläufige zu tarnen, Schrumpfung durch die Zeit bis zur merklichen Verknöcherung durch Wasserverlust, Rückkehr in den kindheitsähnlichen Zustand zu erleben. Es war das Schulterblatt, über das ich strich, eine kleine Schaufel überzogen mit Haut, das Kugelgelenk stieß spitz heraus, und der Handrücken schmiegte sich in die Mulde unterhalb des Schlüsselbeins. Unter der Achsel sah ich einzelne hellrötliche Härchen. Unser beider Mund öffnete sich im Zusehen, Feuchtigkeit gab es zwischen den aufgesprungenen Lippen, während die Hand streichelnd Abschied nahm von unserer

Übereinkunft, der gemeinsam verbrachten Kindheit, der alltäglichen time is money - Geschichte, die ich jetzt in die Hand nahm als schwesterliches Zubehör, Zuneigung aus Blut und Wasser, und ihre Brustwarze stülpte sich nach außen, die rosige Fläche ihres Brusthofes kräuselte sich unter meinen gespreizten Fingern. Meine Schwester blieb liegen, wie sie war. Ich näherte meinen Körper bis auf einen Zentimeter dem ihren und streifte das Laken mit dem Fußzeh meines rechten Beins langsam über ihren Po, sodass ich die weiße Wölbung als vertraut erkannte und der dunkel schimmernden Kerbe, die zu den Oberschenkeln lief, leckend ein Zittern entlockte, als meine Zunge sanft zwischen der Ritze und den mageren Schenkeln Sehnsucht versprach. Erregt sah ich das von Haut überspannte Skelett mit dem spitzen Bauch und den volumengleichen Rundungen der Brusthügel und der Pobacken, die feinen Knöchel und langen Zehen, ihre hingestreckten Gliedmaßen, die sich nicht umdrehten.

Wir blieben in dieser Stellung hintereinander.

Das Plakat im Keller war von Ungeziefer umschwirrt. Die Hand glühte, obwohl der Wind wehte, Sand auf dem Laken lag und ich meine Zunge vertröstete auf die nächsten Momente, die in ihrer Hand lagen; so hielt sie mich überall offen. Sie strich mir über den Bauch und zurück zu den Hüften, den Po entlang, rührte mich wenig aber genau an, bewegte sich kaum hinter mir, aber ihr Körper war da. Sie gab mir eine schwer auszuhaltende Erwartung von Geduld, eine Wärme, die näher kam, noch näher, jetzt in mir war, und die Hand strich oberhalb meiner Schamhaare das Rieseln des Sandes hervor. Es war Bewegung, mit der ich ihren Fingern entgegen kam, sie umschloss meine Knospe und paarte sich mit dem Sand. Das Fenster schlug leise im Takt, der ihren Leib zu meinem machte. Der süßliche Geruch strömte inmitten dieser Stadt in den Fluss zu den Museen des Mainuferkais, an deren Seite das schmutzige Wasser dem Schwarm Möwen zu ihrem tristen Geschrei über Dampfern verhalf, sodass wir sie hörten in unserem Messingbett.

Unter der Brücke waren der Sand körniger, der Wind schärfer, die Gewässer rauer. Die Gesichter hatten keine Rahmen zur Verfügung. Dort stand das Bett auf drei Beinen. Das eingerissene Zelt im Hintergrund hatte hunderterlei Plastiktüten aus Schnüren zusammen zu halten. Das Gesicht mit den Lippen am Flaschenhals war nicht Eleonores, die Augen waren photogen hervorgequollen. Ich konnte sie herausnehmen und ins Städel tragen und in das Bildnis der Susanne Eleonore Friederike einsetzen. Mirjam wollte es nicht, sie wollte auch Hugo nicht wiedererkennen im ersten Moment. Sie sprach von Schock, als sie diesen Mann auf sich zu torkeln sah, als nicht erkennbares, preisgekröntes Elend. Das war der Moment, in dem sie rückwärts in den Main ging: Da lag sie im Spiegel des Wassers und riss den Mund auf und lachte; so wie er, schlank jetzt und immer jünger werdend, seinen Hosenlatz zugeknöpft hatte, durfte sie aus dem Wasser heraus, ich zog sie aus diesem Bild, das sie abgab, das immer das Gleiche abwarf, chromglänzende Schuhspitzen, das Blut Polyxenas, deren Jungfräulichkeit Achilles Wut in den Spätkrimis zeigt, die nach Besuchen im Museum für moderne Kunst mich selbst in Betracht meines toten Arms genommen hätte. Wären wir nicht an den Fluss gegangen. Hätten wir nicht in diesem Messingbett gelegen. Wären wir nicht Schwestern. - Ja, Sascha. Und ich habe dir dieses Haus gekauft. Das Haus ist das Kind, das ich dir gekauft habe. Zur Erinnerung. Von deinem Taschengeld.

2 Die Stadtschläferin

Jesus Maria na, ein Scheißwetter ist das heute. Das merkt sie, wo sie da gerade in den Spiegel schaut, sie sieht aus, blöder geht´s nicht mehr. Das Kopftuch hängt schief, und die Pantoffeln aus der Tonne an der U-Bahn helfen auch nicht. Die Füße sind trotzdem nass und die Zehen schlubben durch und frieren, und arsch-kalt ist es. Aber das geschieht ihr recht mit der Tüte auf dem Kopf und dem hemdsärmligen Mantel und dem krummen Getue. Die Pocken hat sie schon als kleines Kind gehabt, da hat sie sich aufgekratzt und eins auf das Maul bekommen wie eine alte Frau. Es ist erbärmlich, an der ist nichts dran, während die Musik läuft aus dem Laden da, mit lauter blitzenden Lichtern. Dass die Leute so etwas mögen, das Geklimper und Gepfeife und nun die Flöten oder was das ist. Jetzt hört sie eine Geige, da wird es ihr schwummerisch im Kopf, und davon hat sie genug. Und dann die Spiegel, damit sie sich noch anschauen können, die, wo nicht mit so einer Tüte auf dem Kopf rumlaufen. Da würde sie so auch gar nicht reinkommen, obwohl sie jetzt gern wollte, das käm ihr gerade recht, ein Kaffee und ein Brötchen mit was drauf, das wär schön für so eine Summe von zwei Euros. Das ist schon länger her, dass sie das gehabt hat. An dem elften Geburtstag gab es eine Tracht Prügel und ein Brötchen. Die Schläge waren vom Vater, die Mutter hat zugeschaut und das Bügeleisen ist ihr nicht runtergefallen, wie es der Vater gesagt hat. Sie war nicht Schuld, sondern die Mutter mit ihrem Geplärre wegen der Flecken, die sie zu dumm war beim Putzen zu verdecken. Die Rückenschmerzen hat sie von dem Husten bekommen, weil sie sich verschluckt hat an dem Brötchen, und den Rest hat sie dann auf die Erde fallen lassen und der Vater hat den Fuß darauf gestellt und ihr eine geknallt. Das hat geklatscht, anders als die schwummerische Musik und dann hat sie sich gebückt wegen dem Bügeleisen, den Vater hatte sie vergessen, aber das durfte sie nicht. Der hat sie sich dann bücken lassen, und dann musste sie den Rock hochschieben und er hat ihr den Arsch in der Strumpfhose getätschelt und sie in die Seite gekniffen, bis Laufmaschen entstanden sind. Als das Brötchen dann in ihrem Mund war, hat es nicht mehr so geschmeckt. Das war wegen dem Schmerz im Rücken, obwohl der Vater ganz freundlich war, das Dickerchen stand nämlich im Türrahmen und war neidisch. Neidisch war sie immer. Das Dickerchen mit ihrer Schmachtlippe war nämlich stolz, dass der Vater sie nicht unappetitlich fand mit ihren dicken Titten. Die Mutter hatte auch keine, nur beim Putzen und Bücken sind sie ihr wie Läppchen nach unten gefallen. Die hässliche Ähnlichkeit hat sie von der Mutter geerbt, diese dürre spargelige Magerkeit, Faltenmoppelche hat der Vater sie genannt und die Schwester Spanferkel und das Spanferkel, das hat er abgeschleckert, wann es ihm gepasst hat und das mochte sie nicht. Das hat man gesehn, wie sie den Mund verzogen hat und still halten musste. Zweimal hat er gestöhnt und auf der gelegen und dann hat sie sich umgedreht zur Mutter und hat kein Ton gesagt. Und das andere Mal hat er sich auf sie gelegt und sie gefragt, ob er die Mutter umbringen sollte. Und sie stand im Nebenraum bei der Wäsche und hat ein totes Gefühl gekriegt. Das Gesicht war rot und hat geglüht. Ob das die Hitze war oder die Enge oder die Mutter mit den gestopften Strümpfen, das weiß man nicht mehr, kann sie nicht mehr sage, aber sie hat dann angefangen, sich den Mund immer so komisch abzuwischen, obwohl nichts dran war und dann hat sie sich den Lippenstift gekauft und sich damit angeschmiert. Immer dicker und dicker und dabei hat sie die Männer so angeguckt auf der Straße und die haben zurückgeguckt, als wär sie wer weiß was zum Abschleckern. Und die andere haben sie übersehen, aber das ist nett, dankeschön, das Pappschächtelchen hat heute einen feinen Tag, gell Pappschächtelchen, das ist so goldig, das Pappschächtelchen. Wo ihr die Füße so weh tun, möchte sie reinfallen in den Kaffee da vorne, aber die lassen sie nicht und heute kann sie keine neue Mülltonne mehr durchwühlen nach neuen Sachen. Wenn die wüssten, wie anstrengend das Gewühle in der Mülltonne ist, bis was gefunden ist, ein Stückchen angeschimmelte Käsestulle oder eine zermatschte Banane. Das eine Mal vergisst sie nicht, das war vor dem Spiegel, direkt vor dem Kaufhaus, wo die Leute hineinrennen und die Türen gläsern sind und die Frauen alle aussehen wie so Puppen zum Spielen. Da hat sie die Jacke gefunden, eine nagelneue Jacke, nur etwas eingerissen unterm Arm und ein paar Kotzflecken darauf. Das hat ihr so geholfen in dem Winter, wo es so kalt war und sie angefangen haben, die Leute rauszuschmeißen aus den Schächten. Komm, Omma, haben sie gesagt, mach dich ab, der Tonfall ist noch anders als bei den Männern, bis auf das eine Mal, wo sie sie zusammegedroschen haben wie der Vater früher. Das war sie gewohnt, aber da hat sie sich den Fuß verrenkt, und sie hat in dem Kellerloch gelegen, und da hat sie nicht mehr gedacht, dass sie außer dem Keller noch was anderes sehen würde und als es angefangen hat zu jucken, hat sie gekratzt bis es geblutet hat, und dann hat sie den Schorf abgepult und gegessen und den Eiter zusammegedrückt und sich über die trockenen Lippen geleckt. Die Scheiße ist aus der Hose unten wieder herausgekommen und dann hat sie den Kopf reingelegt in die Scheiße, warum, weiß sie nicht mehr. Das war vor dem Schlafen, da hatte sie irgendwas, das war der Frost, den sie in den Schultern hatte, und sie hat gedacht, es wäre eine Hand, aber es war das Schütteln. Aus dem Kellerloch ist sie gekrochen, und dann hat sie sich auf die Straße gelegt, weil sie nicht mehr konnte. Brechen musste sie auch, und dann hat sie sich abgewischt. Da hat es geklimpert wie sonst nicht, gell Pappschächtelchen, das ist goldig. Sie lag auf dem Weg zu der Frankfurter Zeitung, da, wo sie sonst nicht liegen, nicht weit von dem gläsernen Bau, wo von den feinen Herren drin geschrieben wird, und die haben Frauen zum Tippen, und da sind die Schulkinder, die sich das angucken. Und wenn die da so rumliegt, das können die sich nicht leisten, und da haben sie ihr etwas gegeben. Und einer hat sie am Arm genommen und geholfen, an die Hauswand zu schieben, und dann hat er sich die Hände mit einem Taschentuch abgeputzt. Das ist das Traurige mit den feinen Leuten, dass sie nicht merken, wie froh sie sein kann über die Zeitung. Die kann sie unter den Kopf legen. Der war nicht wie der Vater, der denkt an die Kinder, was die sich denken sollen, damit sie dann nicht so daliegen. Den Kaffee wird sie nicht kriegen, das Stinken passt nicht zu dem Geruch von frischen Brötchen, und das Mädchen da guckt so. Und jetzt wirft sie etwas ins Pappschäschtelchen, und die andere sagt nichts, sagt kein Dank. Das Mädchen geht flott und um die Beine ist sie schmal wie die andere auch. Von hinten sieht sie aus wie von vorn und jetzt dreht sie sich weg und ist am Gehen. Und es dröhnt im Kopf und die Leute gucken und werfen ihre Blicke auch noch hinein und ihre Armbanduhren blitzen und sie findet keinen, der für sie einen Kaffee holen würde. Seit der Erwin tot ist, ist es schwerer, an was ran zu kommen, und im Spiegel schaut sie armselig aus mit der Tüte auf dem Kopf, die der Erwin in der Waschanlage gefunden hat. Den haben sie totgetreten, den Erwin, einfach ist das. So so so haben sie gesagt, und sie hat zugesehen, und jetzt kriegt sie keinen Kaffee. Der Erwin hat es immer irgendwie geschafft, bevor sie ihn rausgeschmissen haben, das Nötige zu besorgen, und das fehlt der jetzt. Der Erwin hat immer gesagt, am besten gehen wir in die Nähe von der Zeitung mit dem gläsernen Neubau und stellen uns da an die Seite an der U-Bahn und packen dein Pappschäschtelchen aus. Das sind Leute, die verdienen etwas und müssen schreiben, als ging sie die Welt was an, und da sitzen wir da und sind nicht von der Welt, über die sie schreiben. Im Liegen auf der Straße sieht die Welt ganz anders aus, als bei denen da drin und in ihren Autos. Das merken die wohl, weil das nicht aus der Zeitung kommt, und wenn sie fertig sind mit ihrer Welt, dann werfen sie uns ein Stückchen davon zu bis zum nächsten Morgen. Und sie haben auch die Polizei geholt, als der Erwin tot war, um das Blut abwischen zu lassen von der Straße. Der Erwin war in einem Waschsalon angestellt für ein paar Monate, und da hat er sich die Finger eingeklemmt in der Waschtrommel, der war sonst nicht doof, aber da haben sie ihn rausgeschmissen. An der wundgescheuerten Stelle hat er sich immer reiben müssen, weil es so gejuckt hat, da haben sie ihm als erstes drauf getreten als sie so so so geschrien haben. Mit einem Skateboard sind sie darüber gefahren. Da war die Hand gequetscht, aber sie war noch zu erkennen, nicht mehr so wie danach. Es waren junge Leute, die was zu essen, aber nichts zu tun hatten. Sie sahen so aus wie der Vater, wenn er verärgert die Mutter verkloppt hat auf den Kopf, um ihr zu zeigen, was sie verdient hat, weil sie ein Weib war, wie Weibspersonen eben sind, und wegen der Magerkeit und den aufgerissenen Händen und der dreckigen Fotze hat er sie beschimpft, dass sie nur Schwachsinn schwätzen tät, und dann hat sie ihr Gesicht zusammengefaltet und ist in sich gegangen, geschrumpft ist sie und kleiner geworden, und laut war sie ja sowieso nicht. Das vertrug sich nicht mit dem Putzen und Bügeln und Kochen und Flicken, das konnte sie zwar, aber wegen dem billigen Nähzeug hat er ihr ins Gesicht gedroschen, patsch patsch patsch, es hat geknallt. Bei dem Erwin hieß das die Fress poliern, und sie hat da gehockt und gepisst vor Aufregung. Hört doch auf, hat sie nicht gesagt, und sich nicht getraut, sie anzurühren, weil sie das von damals nicht vergessen hat. Dass das das Allerschlimmste sein kann, wenn man nicht lernt zuzugucken, zu schweigen und nicht zu zucken, wie Weibsbilder das oft nicht abstellen können. Der Erwin hat es nicht verdient gehabt. Der war schon auf dem Bau, und dann hat er schwarz gearbeitet und gesoffen hat er, aber er hat immer an das Brötchen gedacht. Davon träumt sie, wie sein Gesicht vermatscht aussah und das Auge ausgelaufen war und er geschrien hat, und dann hat der eine den Fuß in sein Mund geschlagen und sie hat doch geschrien hör doch auf hör doch auf und der Erwin hat geröchelt und seine Hose war schon unten und die Beine waren dunkel angelaufen. Da haben sie sich abgemacht, einer hat sich noch über das Gesicht gewischt und nach ein paar Metern sind sie gerannt, und sie hat dagestanden. Sie konnte nicht zu dem Erwin hingehen, das kann sie bis heute nicht erklären, warum. Es war niemand auf der Straße, nur die Vorhänge an den Fenstern haben sich bewegt, und der Erwin lag unter ihnen, und da ist sie um die Ecke gelaufen in das Glasgebäude hinein von der Allgemeinen Frankfurter Zeitung. Das war alles spiegelglatt, und sie sind gleich gekommen und haben gesagt, dass das kein Zutritt für sie sei, und sie war aufgeregt, und da kam so ein Junger mit einem Schlips und meinte, sie hätte sich wohl verirrt. Da hat sie etwas vom Erwin gestammelt, vom Erwin, und es hat gedauert, bis die verstanden haben. Dann haben sie zum Telefon gegriffen und die Polizei gerufen, wie sich das gehört, und der Junge hat dabei an seinem Schlips herumgefummelt. Als sie beim Erwin angekommen waren, hatte er schon aufgehört zu röcheln. Da hat sie sich umgedreht und gesagt, das ist jetzt was für die Zeitung. Und der junge Mann hat sich umgedreht und ist zur Hauswand gegangen. Und die andern haben fahrige Bewegungen um den Erwin herum gemacht, die Polizei und die Sanitäter, da hat sie den Erwin nicht mehr angucken können, auch nichts beantworten, sondern sie hat gelacht, als wäre sie nicht sie selber, sondern eine lustige Person. Nach ein paar Tagen ist sie wieder hin und da war nichts mehr von dem Erwin zu sehen. In der Zeitung stand, auf der Straße sei es immer das Gleiche, aber selbst der Vater hat die Mutter immer nur mit den Händen geschlagen, kurz bevor die Schwester verschwunden war, und später hat sie sie fast nicht mehr erkannt, aber ein dickärschiges Spanferkel ist sie immer noch geblieben. Aber sie hatte einen Mann an ihrer Seite, nicht ansehnlich, aber eben ein Mann mit einem Schwanz dran. Und in den Schaufensterablagen waren Abendkleider für mehrere hunderte Euros zu haben, und sie trägt ja die Tüte auf dem Kopf. Damit fing es an, als sie aus der Wohnung auf die Straße gegangen ist. Sie hat dem Arzt gesagt, das geht sie gar nichts an, wo das herkommt, aber es muss wieder gut werden, und dann hat der Arzt die Polizei geschickt, und der Vater hat es nicht verstanden, dass sie an ein paar Stellen kahl geblieben ist, wo er nur gezogen hat. Kahl ist sie geblieben mit der Tüte auf dem Kopf. Aber sie hat ein liebes Pappschäschtelchen, das Liebste auf der ganzen Welt, es klingelt so schön, wenn etwas rein fällt. Es sieht fein aus mit dem schmucken Käppchen und dem samtigen Stoff. Das tut sie in der Pfütze ausspülen und säubern, und dann legt sie es auf die Straße, und niemand bemerkt, wie schön das ist, wie es daliegt und wartet auf die Leute, dass sie eine Münze reinlegen. Das ist die Marie, das ist der das Liebste auf der Welt von allem, was sie kennt von den Weibsbildern da. Die Marie ist ein verlässliches Dingelchen, und sie ernährt sie jeden Tag und stinkt nicht, und der Stoff vom Pappschäschtelchen ist azurblau, das mochte sie schon als Kind gern. Wie das Blau vom Himmel einfiel, als sie sich das Pappschäschtelchen geklaut hat von den zwei Schwestern unter der Brücke, als niemand da war, der zugeguckt hat. Das war, als wenn sie irgendwer lieb hätte mit einer Haut aus Samt. Deswegen war ihr auch gar nicht mulmig zumute, als sie es denen fortgenommen hat. Die haben das auch gar nicht gemerkt, und hinterher sind sie nochmal gekommen und haben aufgeregt gesucht, und sie hat zugeguckt am Main und kein Wort gesagt von dem Bild, das drinnen lag. War so ne komische Frau aus einer anderen Zeit mit einem Häubchen. Als wär sie gerade dabei, ins Bett zu steigen. Ganz ernst hat sie dabei geguckt, und die eine von den Mädchen hat geheult und gejammert und später sind sie gekommen und haben gefragt, ob sie das Bild gesehen hätte. Und sie hat gesagt nee nee nee, damit das Pappschäschtelchen in dem Ärmel bleiben konnte. Dann haben sie einen Streit mit dem Verrückten angebandelt, das weiß doch jeder in der Gegend hier am Main, dass das der kauzige Verrückte ist, wo die Polizei nur mit den Spürhunden hinterher hetzt. Den haben sie auch gefragt, und seine Reaktion war wie die früher vom Vater, aber die haben das nicht verstanden, weil sie anders sind, einfach anders, so eine Sorte von der anderen Sorte Mensch. Dann sind sie beinahe ins Wasser gefallen, als sie gemerkt haben, wie das mit dem Verrückten ist, und dabei ist das mit der Pisse ganz normal. Wohin soll ein Mensch auf der Straße denn sonst pissen als auf den Boden. Und als er sie angepisst hat, da haben sie das Pappschächtelchen verloren. Das ist der einen aus der Hand gefallen. Und nachher hat sie sich auf das Pappschächtelchen gestellt und sie haben sie nicht erwischt. Dann ist das Bild da rausgeflogen, und sie hat es weggeworfen. Aber das Pappschächtelchen nicht. Letzte Woche war nicht viel drin, und die Leute gucken zu, wie sie sich hinlegt. Und jetzt liegt sie da und kann nicht mehr aufstehen, weil die Füße nicht mehr wollen, und kalt ist ihr immer noch. Die Scheiße darf nicht den Samtüberzug berühren, damit die Einnahmen reichen für einen Monat. Wie bei dem Theater für die feinen Leute. Da ist sie zum Schacht gegangen und hat sich an die obere Seite von der Rolltreppe gesetzt und gedacht, dass das nichts bringt, weil sie ja doch mit ihren Wagen vorfahren. Aber es sind Leute gekommen von der Treppe, wie sie hinterm Schaufenster aussehen. Das Theater hat von einem gespielt, der verrückt geworden ist und ein Weib mit dem Messer ersticht. Da ist die eine von den Schwestern vom Main vorbei gekommen, und die hat da mitgespielt und sowas erzählt, als die an ihr vorbei ging und stehen blieb, das Fräulein mit dem komischen weißblonden Haar und den schlaksigen Armen. Als wäre sie auf der Flucht vor irgendwas. Plötzlich hat sie sich umgedreht zu dem Pappschächtelchen, in dem das Bild war, das weggespült wurde von dem Dreck, was den Main so runterläuft. Sie hat gesagt, dass sie nicht mehr spielen wollte im Theater und hat lauter Scheine aus der Handtasche gepackt und hat sie in das Pappschächtelchen gestopft. Und sie hat geheult, und die andere hatte für einen Monat zu leben. Und die mit den weißblonden Haaren hat was gesagt

111

über bestialische Gefühle, was das sein soll, aber nicht, und sie könnte jetzt nichts mehr spielen. Sie hat irgendwas mit der majestätische Fassade und den Schaufenstern und mit dem Hass auf Juden gehabt, was der andere da nicht verstanden hätte, als er die Szene auf dem Markt geschrieben hätte. Und sie ist immer noch zu dämlich, hinzugehen und sich ein Brötchen zu besorgen, und da ist sie selbst Schuld. Denn sie würde ja nicht hinaus geschmissen, wenn sie besser leben könnte. Das hat ja schon angefangen nach den Schuljahren mit der Stelle im Wirtshaus zum Putzen, wo sie im Hinterzimmer geschlafen hat nach dem Schrubben. Das war nichts für sie, aber sie hat noch eine andere Stelle bekommen, wo sie nicht gefragt haben, ob sie das Alter schon hätte. Das war in einem Blumenlädchen, da hat sie schwere Kisten geschleppt für ein paar Mark und geschlafen hat sie auf dem Dachboden von dem Obergeschoss. Da war ein nettes Ehepaar in dem Blumenlädchen. Die haben den Kopf geschüttelt und gesagt, nanana, so eine junge Frau, was aus der einmal werden soll. Und sie hat gesagt, sie würde bald wegziehen in eine andere Stadt, obwohl sie nicht richtig lesen und schreiben tut, nur so halb und langsam geht es. Sie ist geblieben für ein halbes Jahr, und einen guten Weg haben sie der gewünscht. Sie ist in den Zug gestiegen und in die Stadt gefahren, wo sie gedacht hat, bei so vielen Menschen geht es irgendwie leichter. Dann ist sie aus dem Zug gestiegen, und da war ein alter Mann. Der lief gebückt und hat das Gesicht schräg nach oben gehalten, um den Leuten etwas Geld abzubetteln und geschlurft ist er und seine Wäsche hat gestunken, das kennt sie. Deswegen hat sie in der Schule keinen Mucks von sich gegeben, sind so und so verschwommen die Zahlen und Buchstaben. Da hat sie angefangen, zu stottern und sich bemüht, noch weniger aufzufallen. Wo sie angefangen hat zu reden, hat es gedauert bis sie die Worte im Mund herumgedreht hatte. Da waren die schon müde und sind weg mit Ekel, und sie hat sich verheddert. Das Verständnis von den Lehrern war so lang, wie ein Blick auf die Uhr. Sie hat noch die achte Klasse fertig bekommen. Und jetzt muss sie liegen und ist nicht mehr zu gebrauchen. Aber jetzt guckt die andere da, das war doch die von vorher da, vor ein paar Minuten, wo sie geguckt hat, das Mädchen da, was will die denn, steht da und glotzt. Vielleicht wartet die auf den Zug. Wie der alte Mann. Den haben sie nicht in den Zug hineingelassen. Da ist sie angekommen in der Stadt und hat gleich gewusst, hier werd sie schnell alt, hier ist es nicht, wie sie gedacht hat, egal, was sie gedacht hat. Denken kann sie ja sowieso nicht. Weiber können nicht denken, hat der Vater immer gesagt, dafür haben sie Titten. Das Stottern ist immer mehr in den Mund gekommen. Da hat sie gedacht, in einer großen Stadt wäre es besser als in einer kleinen. Sie hat den Schaffner und den alten Mann gesehen. Sie hat gesehen, wie der Mann sich von unten nach oben mit dem Buckelchen gedreht und gedrechselt hat und mit den Füßen gescharrt hat, damit er rein konnte in den Zug. Für einen Platz zum Fahren. Wie das Leben so vor sich geht, wenn man nicht ewig stehen bleiben will, wo sie einen hingesetzt haben. Der Schaffner war nicht einmal grob. Dass die Fahrkarte nicht ausreicht, wenn einer so aussieht, das hätte sie sich denken können. Da hat er sich abgedreht und ein Gesicht bekommen. Ein richtiges Gesicht, Falten, in Schmerz eingeschnitten und hohl in den Wangen. Als sie zu putzen angefangen hat bei einer Reinigungsfirma, brauchte sie nicht den Mund aufmachen. Es hat gereicht für eine kleine möblierte Stube, zwei Winter und zwei Sommer, und dann hat sie sich angefangen zu unterhalten, wo sie nicht reden konnte mit sich selber. Da hat sie mit dem Summen angefangen, reden konnte sie ja nicht. Da hat sie vorsichtig geschaukelt und gesummt und die Haare aus dem Gesicht zurückgestrichen, dem kleinen Krübbelchen die Haare gestreichelt. Da hat sie gesummt und gesummt, das war schön beim Schrubben, das erste Mal im Leben, wo sie richtig einig mit sich war. Mhmh so schön so schön, das konnte ihr niemand wegnehmen, bis es lauter und lauter wurde, und jetzt ist es nicht mehr da. Da war so ein langer Flur, da haben sie es hineingetan, in die Wanne musste sie und stillhalten, damit das Summen nicht zu hören war. Dabei hat sie nur für sich gesummt, aber das haben die nicht verstanden. Bis sie wieder auf der Straße gestanden hat, war sie irgendwie alt. Und sie hat sich nackt gefühlt, und böse ist sie geworden. Der Erwin hat immer gemeint, sie wäre nicht alt und sie sollte ihm die Tüte auf dem Kopf schenken. Aber das war wie in der Psychiatrie, wo sie auch immer gemeint haben, sie wäre nicht, wie sie sich es denkt. Das Mädchen glotzt immer noch, und sie muss jetzt mal. Es läuft an den Beinen herunter direkt auf den Boden bis zu der Zeitung. Das Mädchen läuft und glotzt auf die Pfütze und hat die Schultern eingezogen. Das tut weh und wird stärker im Kopf, das sind die feinen Unterschiede, dass ein Ton nicht derselbe ist wie der andere. Das kommt auf den Mensch an. Sie darf hier nicht mehr lange liegen, sonst wird sie gepackt, und das will sie nicht, sie geht lieber freiwillig. Und was will die jetzt, das kann nicht sein, dass die jetzt kommt mit der Rotznase, das blonde Mädchen da, noch so jung und sieht aus wie die vom Theater. Und sie kommt auf sie zu mit einem Brötchen in der Hand und ist ins Geschäft gegangen und legt es in das Pappschächtelchen. Sie will das nicht, das ist kein Kaffeeduft, sondern Kakao, und da wird ihr schlecht dabei. Sie hat einen Hass auf Kakao, und ob sie Durst hat, geht niemanden etwas an, und sie weiß nicht, ob sie das Brötchen jetzt noch will. Die soll weggehen, es ist schwer hochzukommen. Sie will, dass die geht, die zieht so ein Gesicht, als wenn sie wüsste, was los ist, und jetzt ist der Ellenbogen auf dem Boden und der andern da, dem Mädchen, der stinkende Kakao vor die Füße gelaufen.

3 Misanthropische Zeit

Wir sind Artisten von Beruf, wir waren es immer. Diese Armut und dieser Glanz sind nicht zu verstehen für Sie, wenn Sie noch nie auf einem Seil gestanden haben. Das Trapez ist unsere Welt, ein Trapez zwischen Wachen und Träumen und einer lebensgefährlichen Realität. Im nüchternen Zustand maßen wir eine Übung nach der anderen ab. Es sind zähe Übungen, an der Stange, am Seil, am Ring, am Barren, auf dem Boden. Wir mussten gemeinsam üben, zu zweit und allein, und mehrere Stunden am Tag besaßen wir nichts, als die Konzentration auf unsere Körper. Das Geld, das wir verdienten, reichte kaum zum Leben, aber dass es nur diesen kurzen Augenblick des Glücks während der Vorführung gab, waren wir von jeher gewöhnt. Die Sorgenfalten, der Zeitdruck, die bürokratischen Hürden und die zunehmende Konkurrenz haben uns ramponiert, während die Schminke unsere Augenringe verdeckte. Wenn jetzt die Auflösung der Familie droht, wird es nicht mehr dazu kommen können, unseren ungeborenen Kindern ein Leben in Aussicht zu stellen, das über Dreiviertel der Jahreszeit aus rollenden Rädern, schmalen Stegen und unserem Atem unter dem Zeltdach besteht. Wir sind in der Altstadt Lissabons groß geworden, Ricardo, Manuela, José und ich. Mein Name ist Elena. Später kam Cordula für eine Weile dazu. Mit dreizehn Jahren wurde ich als Älteste von den anderen zu derjenigen erklärt, die frühzeitig ein weiteres Metier außerhalb der Geschwisterenklave betreiben sollte, weil ich mir aus dem Staub und der Schönheit der Alfama weniger machte als aus meiner Begierde, mich mit der übrigen Welt zu messen. Dieser Versuch ist gescheitert, und deshalb sitzen wir hier - stellvertretend für viele Familien, die auch gescheitert sind. Wenn ich sage, dass wir Artisten sind, meine ich das nicht ausschließlich, denn Geschicklichkeitsübungen werden allen Menschen abverlangt, jenen, die in den Büroräumen tätig sind und jenen, die arbeitslos sind und jenen, die vor Computern sitzen, sowieso. Natürlich waren nicht alle Urahnen der Familie Artisten. In die Jahrhunderte, die vor den autodidaktischen Übungen der ersten Artisten in unserer Familie vergangen sind, mehr hinein zu interpretieren als die Annahme, dass wir damals etwas anderes waren, etwas, das uns erst veranlasst haben muss, unsere künstlerische Neigung mit unseren Körpern auszudrücken, wäre Wahnsinn. Gedruckt auf altem Papier hat sich dieser Wahnsinn versteift auf seine Einäugigkeit, mit der er uns seit Generationen verfolgt. Wir lassen ihn aufleben in den ehemals hingekritzelten und verschnörkelten handschriftlichen Zitaten, die - im Munde geführt von denjenigen, die in unserer Familie lesen können - von der Hausiererei zu erzählen wissen, von der Häuslerei und den Kaufleuten, von den geduldig und strebsam aufsteigenden Wiesenverwaltern, welche letztgeborene Töchter alten spanischen Landadels und deren Hofgut ehelichten, vor allem aber von den Herumziehenden, den bardelnden Trödlern, den Tänzerinnen, den Artisten.

Die Tür geht auf. Der Mann ohne Miene verzieht seine Lippen über das Gesicht hinweg in eine Richtung, die nicht auf uns verweist. Von der Kunst, mit fünfhundert Euro im Monat nach der von uns nur schwer zu begreifenden Zeitrechnung in diesen Breitengraden auszukommen, versteht sein Ziffernblatt nichts. Sein Auge ist ungeübt für die Betrachtung der Schönheiten des Augenblicks. Er betritt ihn blind, den kargen, kahlen und abweisenden Raum, den Raum seines ministerial-bürokratischen Aufwands zur Arbeitsverwertung. Er gehört ihm an. Er meint nicht sich. Er meint nichts außerhalb seiner. Er kann uns nicht meinen, da er nicht über sein Aufgabengebiet hinaussieht. Es ist aber so: Er sieht das Kind nicht. Es klettert in der rechten Ecke des Raums auf einen Stuhl und müht sich mit einem Streifen Tesafilm ab. Die Mutter gab ihm die Tesafilmrolle, nachdem sie sie aus der

Tasche gezogen hatte, um das Kind zu beruhigen. Es hat die Aufgabe, ein Stück Tesafilm abzureißen. Es ist eine Geschicklichkeitsübung, es ist schwer für ein fünfjähriges Kind. Es wird wütend. Es muss beruhigt werden. Die Mutter spricht mit halblauter Stimme. Das Kind schüttelt den Kopf. Es schmeißt den Tesafilm auf den Boden. Es macht quietschende Geräusche vor den Füßen eines mageren Mannes, der im Angesicht des Kindes älter wird. Er sitzt geduldig und wartend auf seinem Stuhl. Er ist glatzköpfig. In den Mundwinkeln vergräbt sich seine Erfahrung. Er bückt sich und hebt den Tesafilm für das Kind auf. Das Kind klettert auf den freien Stuhl neben ihm. Es guckt dem Mann auf die haarlose Kopfhaut. Es senkt seinen braunhaarigen Kopf und rupft einen neuen Klebestreifen ab. Die Mutter schürzt aufmerksam die Hände über den Kratern ihres gähnenden Mundes. Sie bittet und warnt mit einem Lächeln. Es ist an alle gewandt. Sie muss gewusst haben, dass ihr Kind ungeduldig werden würde, während die Zeit abläuft und der Raum zu verstehen gibt, dass sie nicht für uns stehen bleiben wird. Der Mann ohne Miene bekleidet sein Amt. Er hält jetzt fünf Zettel in der Hand. Er nimmt keine Notiz davon außerhalb der vorgegebenen Zeit. Er schnippst die Nummerierung kurzfristiger Beratungsberechtigung des drittletzten Wartenden mit dem Finger herüber. Er wird uns keine Stelle in der Müllabfuhr anbieten.

Wir sind Ausländer. Wir hören gut zu. Wir warten hier. Wir haben beides gelernt in einem Viertel, in dem es bis heute kaum Licht in der Gasse gibt, keinen Putz an den Häuserwänden und keinen Bürgersteig außer der schmalen Abwasserrinne. Wir hatten eine Lehrmeisterin in Manuela, die zwischen den sich berührenden eisernen Wäschestangen unserer einander gegenüberliegenden Häuser und der kleinen unscheinbaren Taverne den Rhythmus und den Esprit einer Fadista und die Geduld einer Madonna bewahrte. Das ist ein Bild, unbezweifelbar, nicht verbraucht. Sie lebte es, bis sie darüber unglücklich wurde. José pflückte eine der knospenden Geranien von den herabhängenden Kübeln am Brunnen der Stadtverwaltung ab, wenn er zu ihr ging, um die Saiten seiner Gitarre zusammenzuflicken, wozu er Stunden brauchte, in denen er werbend ihren Teint blasser oder farbiger werden ließ und unter seinen Fingern zupfend oder klopfend den Raum streichelte. Der Körper seiner Gitarre klang volltönend und weckte ihren Körper. Schon, wenn er hereinkam, begannen ihre Füße den Tanz, den sie mit Tätigkeiten im Haushalt unterbrach. Die ersten heruntergespielten Akkorde im einzigen weißgetünchten Raum des Hauses berührten ihren Atem und senkten ihren Kehlkopf, sie perlten feucht auf ihrer Haut und benässten ihre Schenkel unter dem weiten Samtrock. Die Wände begannen zu schimmern, das Licht wurde weich. Wir rochen es. Den Duft ihrer Nässe, bevor sie den Kopf in den Nacken gleiten ließ und die Lippen öffnete. Der Samtrock, das schönste Kleidungsstück, das unsere aus einem Olivenhain entsprungene Schwester mit dem glatten, hüftlangen Haar besaß, gilt den Menschen auf deutschen Straßen und in den hiesigen Ämtern als altmodisch und unansehnlich. Wir sehen es an den Blicken, die das Unglück anziehen, die auch ihre Wortwahl, ihr Klatschen begleiten. Manuelas Rock ist geflickt und an mehreren Stellen leicht eingerissen wie ihre Nägel. Das bunte, selbst gefärbte Garn ist uns ausgegangen. Die Farben des Pfaus in den ungebräuchlichen Tönen eines Feuersalamanders sind in diesen Geschäften schwer erhältlich.

Der Mann sieht aus wie ein Zwerg, ein starr gesichtiger Vorgartenzwerg aus den reicheren Vierteln der kleineren Bürger. Er trägt nur deren Mütze nicht. Von allen Seiten sieht er unverändert gleich aus, in der Hand den Zettel, oberhalb davon ein automatisches Nicken, der Nacken ist steif wie das Lächeln. Ihn würden unsere Nippesfiguren befremden und ebenso unser Schweiß und unsere Scheiße. Aber das ist das

Wenigste, was uns trennt. Er hat die Tür hinter sich geschlossen, ohne sich zu bewegen. Die Unbeweglichkeit dieser Leute ist erstaunlich. Ich weiß nicht, ob er uns sieht, ob er einen Blick hat für Menschen. Ob sein Sehen über ein Abschätzen hinausgeht. Da sind sie, die anwesenden Menschen im Raum, der Mann mit der Glatze, die Mutter mit dem Kind, eine alte Frau mit Stock, die umsonst hier sitzt, aber auf ein kleines Glück wartet, das Pärchen im mittleren Alter und wir vier. Alle sind getrennt durch das Gespräch, das wir über sie und sie über sich und wir über uns führen. Sie und wir führen es unfreiwillig. Sie haben Schmerzen. Wir können hier nicht weinen. Ricardo liest und tut so, als ginge ihn nichts etwas an. Er ist nicht anwesend, wenn alles auf dem Spiel steht. Wenn wir in dieses Zimmer hineingehen und keine Arbeit bekommen, wird er sein Buch in die Hand nehmen und weiter lesen. Er wird auf die Straße gehen und den Leuten etwas vorlesen. Er wird sagen, Leute, es ist Märchenstunde, lasst uns davon leben. Das ist Ricardo. Als wir Cordula nach einer Anfrage der Stadtfürsorge in einer der letzten politischen Experimentierphasen in unserer Hauptstadt für ein Jahr bei uns aufnahmen, war sie auch so. Ohne eine Träne. Ohne Sorge. Sie hatte eine alkoholkranke Mutter, die kaum älter war als sie und sie auf den Strich schicken wollte, und einen Vater, der die Mutter verließ wegen einer Nichtigkeit. Sie hatte niemanden. Die Mutter wurde von der Familie verjagt. Ihre Eltern waren nicht schlechter als andere. Sie war keine Schlampe, und er war kein Schläger, sonst hätte Cordula nicht so werden können wie sie ist. Niemand wird im Zustand der Unschuld geboren, sagten die Weisen in unserer Familie, aber einige sind unschuldiger als andere, fügt Manuela hinzu. Sie hat Recht. Das Leben insgesamt hat Cordulas Eltern verschlungen. Auch wir sind sehr müde gewesen für einige Zeit, nachdem Cordula von uns ging. Das war lange, bevor wir ihr, getrieben von Sorge und Neugierde, nach Deutschland folgten. Ihr und den merkwürdigen Briefen, die sie schrieb: Über zwei

119

Schwestern und ihre Suche während eines längeren Aufenthalts in diesem Land. Sie machte uns neugierig, obwohl wir müde und vielleicht auch, weil wir ratlos waren. Ich weiß nicht, ob Sie wissen, was das ist, Müdigkeit. Ich meine nicht die Sehnsucht nach Schlaf. Ich meine nicht den beginnenden, den schleichenden Tod. Auch nicht die Gebrechlichkeit, die trotz einiger unvermeidlicher Knochenbrüche noch keinen von uns malträtiert. Es war eine Müdigkeit, die vorgab, das Leben zu kennen. Wir waren uns leid. Wir hatten die alte Trapeznummer variiert und waren dabei, eine neue Akrobatiknummer einzustudieren, die unsere Körper zu einem Sternbild zusammen schloss, das sich nach allen Seiten öffnete, indem wir nacheinander absprangen. Die Proben waren anstrengend, aber das war es nicht. Wir hatten kaum Geld für neue Kostüme und das Zeltdach. Die Karosserie der Wagen und die elektrischen Leitungen in unserer Wohnung, dem Winterquartier in Lissabon, waren reparaturbedürftig. Das kam hinzu, war aber auch kein ausreichender Grund. Es war das fehlende Publikum, das wir zusätzlich zu unserer Müdigkeit trugen. Wir trugen es hin und wieder zurück, wir übten und probten und verwarfen unsere Übungen. Wir verwarfen unsere Körpersprache. Es war der Unfall. Nach dem Unfall mussten wir arbeiten, viel arbeiten, um zu vergessen, dass wir die Müdigkeit unterschätzt hatten. Wir hatten Glück. Das Publikum zahlte dafür. Für diese Anstrengung. Es zahlte gut, und mehrere unserer Vorstellungen waren ausverkauft.

Die Tür hat sich wieder geöffnet. Der Mann ist noch nicht zu sehen. Er geht zu oft grußlos vorbei. Man kann ihn nicht sehen, weil seine Miene fehlt, weil er uns nicht sieht. Jetzt stößt er die Tür auf und tritt in den Raum. Seinen Kopf trägt er erhoben in einer Art Abwendung. Er glättet sein Haar im Gehen, als trüge er diese Mütze aus deutschen Vorgärten. Er teilt sich uns mit, ohne mit seinem Körper zu sprechen. Er sagt uns nicht, dass ihm per Mausklick Aussichten über uns und ohne uns, vielleicht auch gegen uns vermittelt wurden. Er hat einen Schlüssel in der Hand, und wir warten. Wir sehen zu, wie er die Tür abschließt mit schnellen und harten Bewegungen. Unsere Augen verfolgen ihn, wie er den Gang entlang geht und die nächste Tür aufschließt. Er hat einen breiten, gedrungenen Rücken bei schmaler Gestalt. Er verschwindet hinter der zweiten Tür. Nur der Mann mit der Glatze sieht nicht hin. Sie könnten ihn sehen, wie wir es sehen, wenn ich Sie darauf verwiese, dass wir sehen müssen, wir sind darauf angewiesen. Ich sehe, dass Manuela es auch sieht. Sie hat es, wie ich, von Cordula gelernt, das Nächstliegende aus weiter Ferne zu erkennen. Wir sehen gleichzeitig an die Wand. Der Uhrzeiger bewegt sich; ein Zähler an der Wand, der die Nummerierung für Menschen im abnehmenden Wartezustand anzeigt. Das kleine Arbeitsamt soll besser für Hungerkünstler sein als das große in der Stadt. Das ließ er uns gleich zu Beginn der Wartezeit mitteilen. Sein Mund sprach zu uns. In der Stadt, in der alljährlich immer noch Zirkusse mit Hilfe von Sponsoren auffahren, gäbe es noch mehr von unserer Sorte. Ehemalige reisende Artisten, die es immer schon waren. Wie wir. Die Konkurrenz ist groß.

Sonst passiert nichts. Wir bleiben stumm und manchmal verändern wir unsere Haltung in der Stummheit. Irgendwo klappt eine Tür auf und zu. Das Pärchen ganz außen auf der anderen Seite des Raums an der Fensterfront lehnt Rücken an Rücken aneinander. Die Wände sind kahl und weiß, wenn ich die Augen nicht schließe. Eine Fliege sitzt schräg oberhalb des haarlosen Mannes. Er hat seinen Kopf gesenkt. Die alte Frau ist eingenickt, und José schnarcht leise, während Ricardo in seinem Buch liest. Manuela verbirgt ihr Gesicht hinter den Fransen ihres weichen Schals. Der schmale dreieckige Schatten unter ihren gesenkten Augenlidern über den Wangenknochen ist schwarz. Das ist seit jeher so, wenn sie traurig ist. Wir anderen, die wir uns nicht kennen, sehen uns seit eineinhalb Stunden an, ohne uns anzuschauen.

Unsere Blicke vermeiden es, sich zu treffen, um nicht Genaueres von den persönlichen Umständen zu erfahren, die später die Darstellung unserer Arbeitsfähigkeit vermindern könnten. Das Kind lenkt uns ab. Es ist quengelig. Es zieht seiner Mutter, die ihr Haar zusammengebunden trägt, einzelne Strähnen aus dem dunkelblonden Haar, während es unverwandt auf die Glatze des Mannes blickt. Das Kind ist ein Junge mit dunkelbraunem, gelocktem Haar. Er sieht sehr hübsch aus, mit gerundeten Pausbäckchen. Er hat viereckige Hände und trägt einen karierten Hosenanzug in den Farben des Herbstes. Seine Augen sind tiefbraun und haben noch dieses kindliche Rund, umrandet von langen schwarzen Wimpern. Sein Teint ist hell, fast weiß, und das Gesicht ist der Länge nach herzförmig, der Nasenrücken ist gerade und schmal, und die kleinen Nasenflügel beben, wenn er spricht. Er hält den blassen Mund ein wenig offen, als bekomme er bald einen Schnupfen. Er nuschelt. Er nuschelt unentwegt. Er sieht seine Mutter an. Seine Mutter trägt eine Brille. Das Gestell sitzt schief auf ihrer Nase. Das Kind hat sie schon mehrmals heruntergezogen, wobei das Ohr der Mutter jedes Mal einen Knick bekam. Das Kind mag den Knick im Ohr seiner Mutter. Es wartet auf den Moment, in dem das Ohr knickt. Die Mutter verbirgt den Schmerz ihm zuliebe, aber ich sehe, dass es ihr jetzt reicht. Sie greift nach dem Arm ihres Kindes, um es abzuwehren. Ich sehe seine Bewegungen. Es lacht und wirft den Kopf zurück. Seine Locken fliegen in die Höhe und ringeln sich im Nacken. Ich sehe seine Augen nicht, weil ich seitlich von ihnen sitze. Es stemmt seine Knie gegen ihre Beine, um sie hochzuziehen. Es zieht an ihren Armen, und sie zieht zurück. Sie spielen zusammen dieses Spiel. Das Pärchen wendet sich um. Er ist groß und lang und sie klein und dürr. Sie haben zwei schmale, harte und hagere Gesichter, die es seit einer halben Stunde aufgegeben haben, sich einander zuzuwenden. Ihr Ton ist nicht unfreundlich, aber leise und ohne Unterlass. Manuela zieht ihren Schal vom Gesicht und öffnet die Augen. Sie sieht genau hin zu dem Kind und zu seiner Mutter. Ihr dunkles Haar liegt matt über der Stirn. Der verhangene Blick ist nicht verschwunden. Sie dehnt ihren leicht gekrümmten Rücken, den sie unterhalb der unbequemen Stuhllehne an die Wand gepresst hat und setzt sich gerade auf. Sie streicht sich über das Haar und starrt auf die gelbbraunen Halbschuhe, die das Kind trägt. Es bekümmert mich zu sehen, wie sie auf den kleinen aufgenähten Elefanten blickt.

Sie hat ihr Kind vor zweieinhalb Jahren verloren. Sie wird es nicht vergessen, ihr Mädchen, und sie sieht noch immer in jedem Kind ihr Kind. Sie haben noch nicht aufgehört, der Schmerz um das Kind und die Erinnerung an das, was nie sein wird. Es passierte während der Übungen am Stern. Sie war bereits hochschwanger. Es war nur ein kleines Missgeschick. Sie stand unten, ohne große Last, und wurde von den anderen gestützt, um das Ungeborene in ihrem Leib zu schützen. Sie knickte mit ihrem Fuß um. Sie war allerdings schon den ganzen Tag bleich gewesen und hatte kein Wort darüber verloren. Sie hat gewusst, was für uns alle auf dem Spiel stand. Es war das Spiel der Welt, der Konkurrenz. Sie wollte keine Rücksicht nehmen, Rücksicht war brotlos. Vielleicht war es so. Dass wir es verstehen könnten, ist ein Aberglaube. Die Blutungen waren sturzartig. Das Baby kam atemlos auf die Welt. Seine Lunge war nicht genügend ausgebildet. Francisco, sein Vater, hat es mehrere Stunden auf dem Arm getragen. Mit dem Stern war es dann wie mit dem Begräbnis: Es war ein Kunststück, das wir perfekt einübten, wie ein Ritual, aber es hatte keine Kraft mehr, unsere Lethargie zu überwinden. Es war wie ein Omen. Wir sahen es so. Wir nahmen es hin. Wir eröffneten die nächsten Vorstellungen ohne Manuela. José und Ricardo sprangen diagonal versetzt einen dreifachen Salto, und ich spannte den Schirm auf über beiden. Auf den Spitzen ihrer Hände drehte ich Pirouetten, und wir sammelten einen Gutteil der Einnahmen ein für den nächsten Winter. Aber den Glanz und die Lieblichkeit von Manuela hatten wir seit jenem Moment, da sie in die Knie ging, verloren. Francisco trat für sie auf, und er gab sich die Mühe eines Verbissenen, der sich im Schmerz aufbäumt. Er schlug um sich. Er bezirzte das Publikum mit seinen Schlägen. Es johlte über seine Wut, er johlte über ihre Heiterkeit, die er verursachte, er forderte ihr Gebrüll heraus. Später, am Krankenbett von Manuela wurde er still und in den nächsten Tagen verebbten die Einnahmen. Wir konnten den sternförmigen Auftritt nicht glänzen lassen ohne zwei unserer wichtigsten Leute. Dennoch war das nicht der Anfang. Es gab den Anfang nicht. Der Grund unserer rastlosen Müdigkeit entstand nicht erst durch diesen Unfall, den Verlust von Manuelas Glück und Franciscos Selbstvertrauen. Wir hatten schon vorher verloren, was wir vermissten. Wir vermissten unsere Zuversicht. Wir teilten unserem Publikum nichts mehr mit, außer, dass wir unsere Übungen zu beherrschen wussten. Wir wussten nicht, wie es weiter ging. Warum es so lange gut gegangen war. Warum die Zeit mehr wusste als wir. Wir wussten nur, dass etwas zwischen uns aufhörte, gut zu sein. Das wussten wir nach dem Unfall. Mit der Zeit, die uns verändert hat, aus der auch Cordula gegangen war in eine andere, uns unbekannte hinein, und den Veränderungen, die Manuela durchmachte, verloren wir, obgleich wir hier gemeinsam sitzen, unser Wirgefühl.

Der Kindlaut stört. Ein Nachgeschmack des Gedankens, vermischt mit dem Geräusch. Manuela wiegt den Kopf. José schaut immerfort auf seine Hände, spreizt seine Finger nach allen Seiten und wirft einen Seitenblick zur Tür, die sich noch nicht wieder geöffnet hat. Er ist fast gehörlos. Es sind seine Hände, mit denen er antwortet. Er sieht nicht auf. Er sieht nicht, dass der Junge an Manuela vorbeiläuft und lacht. Seine Mutter legt den Finger an den Mund. Der Junge sieht es auch nicht, er ist ein Kind, er sieht es wohl, aber er will keinesfalls wissen, was wir tun, was der Raum uns hier befiehlt zu tun, uns, die wir dem Leerlauf der Dinge nachsinnen müssen. Er setzt sich auf einen leeren Stuhl zu der alten Frau. Seine kleine Hand legt sich auf das knorpelige Knie der Alten. Sie lässt es ohne ein Lächeln geschehen. Ihre Beine sehen mager aus. Ihr Kopf zittert ein wenig, obwohl sie ihn mit einer Hand stützt, die andere liegt zur Faust geschlossen über dem Kleiderstoff ihres Schoßes. Unter den Nylonstrümpfen schneiden sich dunkle Blutgerinnsel und Krampfadern den Weg durch Haut und Fleisch. Der Junge sieht sie an mit seinen glänzenden Augen und pustet sich das Haar aus der Stirn. Ihr Gesicht muss ihm aussichtslos erscheinen. Es hat dem Leben fast nichts vergeben. Der Junge zupft ihr eine Fussel vom Kleid, einem grauen mit langen Ärmeln. Er starrt auf die schmutzigen Ränder der Ärmel und auf die fleischlosen Falten zwischen den Altersflecken. Was tust du denn hier, fragt er laut. Du bist doch schon alt. Seine Mutter steht auf und nimmt ihn am Arm. Ricardo sitzt auf der anderen Seite. Er übersetzt dem Pärchen einen Vers aus dem Kopf seines Lieblingsdichters, das gar nicht zuhören will, das die Augen gereizt ineinander kreuzt, um ihn nicht zu sehen. Aber er will es ebenso wenig wissen wie das Kind in ihm, das dem Jungen hin und wieder zulächelt, einen Vers aus dem Kopf seines Lieblingsdichters auf der Zunge, com o Destino a coduzir a carroca de tudo pela estrada de nada. Verstehen Sie mich, fragt er sie augenzwinkernd. Sie schütteln beide den Kopf, sie rechts herum mit einem abschätzigem Blick, er links herum mit hochgezogenem Mundwinkel. Verstehen Sie mich nicht, sagt er, und sie nicken nun keineswegs und sind lustlos über seine Rede, die Ricardo laut wiederholt, sich zu ihnen neigend, zu dem Schicksal, das die Karosse des Ganzen über die Straße des Nichts lenkt und mit ihm die ständig von Menschen bevölkerten Straßen teilt. Und die Alte sagt: Mein Sohn hat Krebs.

Der Stock der alten Frau ist am Rocksaum über ihrem Knie abgerutscht und auf den Boden gefallen. Sie ist sehr alt, viel zu alt, um ihn aufzuheben, aber unter Manuelas festem Blick, der sich mit meinem kreuzt und meine Meinung zu teilen scheint, bückt sie sich hastig. Wir sitzen weit entfernt von ihr, es sind ein paar Meter, die in einem Raum wie diesem jeden Abstand vergrößern. Wir zögern, aber die Älteste unter uns will nicht, dass wir von ihr denken, sie sei hier fehl am Platz. Sie ächzt leise, obwohl sie nicht dick ist. Ihr welkes Gesicht schließt sich und fällt nach vorn. Sie richtet sich auf und hebt etwas zittrig ihre Hand, um den Stock neben sich an den Stuhl zu lehnen, aber das Kind kommt ihr zuvor. Das Kind ist sehr behutsam. Es umfasst das knochige Handgelenk und drückt es zurück in den Schoß. Ich mach das, sagt es und lehnt den Stock bedächtig an die Wand. Die Alte bedankt sich mit einer Stimme, die oberhalb ihres Kopfes ins weiche weiße Haar fällt. Die Lippen sind offen und voll, als ob sie keinen Zorn kennt. Ihre Haarspitzen stechen in die schräg gestellten Falten der Wangenknochen. Die Augenlider hält sie gesenkt. Sie hält sie gesenkt, bis wir unsere ebenfalls senken. Sie ist nicht zu sehen, solange die Augenlider gesenkt sind. Sie ist eine alte Frau, die nicht mehr zu sehen ist. Das Pärchen sitzt schräg gegenüber und sieht zu, es bleibt stumm, dreht sich nicht um. Es sitzt in entgegengesetzter Richtung aneinander. Obwohl sie nicht eins sind, geben sie vor, sich zu verstehen. Sie geben es so vor, dass es zu sehen ist, dass mehr über sie zu sehen ist, als über die anderen im Raum. Sie können nicht übersehen werden. Sie waren auch vorhin gemeinsam auf der Toilette. Sie reden nicht miteinander, sie sitzen, gehen und kommen. Sie redeten auf der Toilette mit ihren Zungen. Sie wechselten die Wörter wie umgestülpte Handschuhe, während sie ihre Hände unter das Wasser hielt und er die Spülung drückte. Zwischen dem Herren- und dem Damenklo war eine zwei Meter hohe Trennwand mit einer halben Meter langen Lücke zur Decke. Wenn ich mit dir tanzen gegangen wäre, hätte es dich ermüdet, sagte sie. Wenn ich zu müde bin, um mit dir tanzen zu gehen, ist es besser, du gehst allein, sagte er. Wenn ich alleine tanzen gehe, fehlst du mir, sagte sie. Wenn ich Dir fehle, hast du einen Grund, dich zu freuen, wenn du nach Hause kommst, sagte er. Zu Hause kann ich nicht mit dir tanzen, sagte sie. Dann geh doch in dieser Woche tanzen, wenn du magst, sagte er. Es stört mich nicht, mich auch nicht, sagten sie. Es störte sie auch nicht, dass José im Waschraum nebenan zu singen anfing. Das tut er immer, wenn er etwas schlecht verträgt. Ich wusste nicht, dass dieses Haus und der Raum und das Warten darauf, hinein- und aus unserer Situation wieder herauszukommen, so ansteckend sind, rief er mir über den Spalt zu. Zwischen meinen Beinen plätscherte es, in meiner Kabine und nebenan gingen die Türen auf und wieder zu.

Zu zweit waren wir die ersten gewesen, die in den Warteraum des Arbeitsamtes eintraten, nach uns kamen Ricardo und Manuela, die sich verspätet hatten mangels Parkplätzen für arbeitslose Kunden, und dann schlurfte die alte Frau herein mit einem gesenkten Gesicht und einem über ihrem Haupthaar erhobenen Dutt, der an den Seiten auseinander fiel. Er fiel ein in einen ernsten kleinen Schreck, der ihr Gesicht verflachte, das, von einer Falte an der Nasenwurzel ausgehend, unsere Nachsicht forderte, ohne sich aufzudrängen. Die Tür ging auf, wurde bloß angelehnt, dann wieder geschlossen. Der Mann ohne Miene öffnete die Tür, indem er sie aufriss. Er sah uns an wie die Zeit den Notfall. Er sah uns an in einer kurzen Zeit und wenig später verkündete sein Mund, der mich erbost die Gartenzwerge dieses Landes verstehen lässt, sein Schreien durch die geschlossene Tür. Niemand kann sie aufreißen, wenn ein Notfall eintritt, während der Mann Einzelheiten über uns liest, die die Zugehörigkeit unseres Erscheinens nummerieren. Er ließ uns zur Aufnahme am Tisch einer Frau in einem kleineren Raum antreten, die nicht einmal den Kopf hob. Sie schaute auf den Bildschirm und erfragte unsere Totenregister und Zukunftstafeln, schob ein Blatt zu unserer personalen Registrierung nach und ließ uns keine

Möglichkeit, sich ihr uns vorzustellen. Wir hätten mehr sein können, als ihr PC speichern konnte. Das Internet war fortschrittlicher als wir. Wir fielen zurück, auch wenn Manuela plausibel erklären konnte, was alles wir nicht werden würden und aus welchen Gründen. Kurze Zeit später saß auch der Mann mit der Glatze und verlegenem Lächeln im Raum, nachdem er laut hinter sich die Tür geschlossen hatte, die nicht zugehen wollte, denn es musste ein Knall sein, mit dem sie deutlich Schranken des Raums an Menschen verwies, auf die schon die nächste Tür wartete. Dahinter gab es ein Fenster, aus dem man sehen und springen konnte, weil es offen stand. Der Mann, der einen Augenblick die Tür aufhielt, befahl es zu schließen. Der Mann mit der Glatze folgte ihm. Nun, nachdem die Tür erst einmal geschlossen war, ohne dass jemand von uns hindurchging, kam die Frau mit dem Kind als Letzte und unangekündigt. Das ist lange her, eine Stunde. Wie alt eine Stunde werden kann. So erstaunlich alt.

In Lissabon, in der Alfama und auch im Barrio Alto waren die Menschen früher noch ärmer und gelassener. Ricardo meint das jedenfalls. Ihre Gemeinheit sei auch heute noch weniger kühl, sagt er, sie sei spürbar und zerfranst wie Manuelas Rock, nur auf den ersten Blick ähnlich in den Bewegungen, mit denen die Körper auf andere reagieren. Eine Kopfbewegung sagt alles, hier sagt sie nichts oder etwas Undeutliches, oder sie nicken und meinen, man hätte das Nein darin erkennen können, sagt er. Verstehst du? fragt er, eine solche Frage gibt es nicht. Aber solche Unterschiede erklären zu wollen ist belanglos. Es ist auch belanglos, dass wir uns so unterschieden fühlen, weil es doch dasselbe ist. Ich entgegne ihm nicht. Es ist ohne Belang, ob wir hier sitzen oder dort, ob in diesem Arbeitsamt oder in jenem. Einfache Artisten sind nicht mehr zu gebrauchen. Sie sind nicht aus der Mode gekommen, es ist schlimmer, sie sind noch da, ohne in der Welt der anderen zu sein. Was unsere Familien in früheren Zeiten einmal vorgespielt haben, sich und anderen, aus Jux und Tollerei, aus Freude am Spiel, am Zauber und der Magie des Körpers, die sie täglich antrainierten. Aus Hunger. Kein Mäzen kann das heute ersetzen. Ein Teil unseres Entsetzens speist sich daraus. Die großen Häuser sind auf uns kleine Leute nicht gut zu sprechen, die großen Häuser sprechen nicht mit uns, mit diesen Körpern, diesen Flicken, dem wirklichen Tanz. Aber der Hunger allein schafft noch keinen guten Tanz. Mutter erzählte uns früher von ihrer jüngeren Schwester, die diesen Hunger hasste und auf eine Hacienda nach Andalusien umzog. Sie beneidete diese Schwester, obwohl sie das langweilige, mühsame Leben verarmter Landadeliger samt ihrer großspurigen, unternehmerischen Anstrengungen, ein großes Gut zu erhalten, in all seinen Nachteilen beschrieb. Vater kam aus einer kleinen stickigen Wohnung im Barrio Alto, und er saß für ihren Geschmack viel zu viel in den Kneipen und am Hafen. Er arbeitete außerdem in den frühen Morgenstunden aushilfsweise neben seinem Beruf an der Straßen- und Eisenbahnbrücke, die über den Tejo führte, als sie sich kennenlernten. Das warf ein schlechtes Licht auf ihn als Artisten. Aber er ging mit ihr jeden Sonntag in die Kathedrale Sé Patriarcal, legte ihr Blumensträußchen vor die Haustür und wartete geduldig an immer der gleichen Straßenecke darauf, bis die alljährliche Prozession zum Stehen kam, und er ihr seinen Arm anbieten konnte, um sie zu Spaziergängen einzuladen, die vor seinem Wohnwagen endeten. Mutter, ja, die Alte dort, sie hat schon wieder ihren Stock verloren, die alte Frau. Das junge Pärchen reagiert mit mürrischen Blicken auf das Klacken, tok, tok. Er legt die Hand an die Stirn, als könne er in der konzentrierten Stille keinen Laut und kein Licht mehr ertragen. Sie wendet den Kopf. Der fünfjährige Junge steht da mit gekreuzten Beinen und hat den Kopf in den Schoß seiner Mutter gelegt. Er schielt zur Alten. Er öffnet seinen Kindermund. Er hebt seinen Kopf und blickt sie an. Du siehst ziemlich alt aus, sagt er. Du kannst gar nicht mehr richtig Geld verdienen wie meine Mama. Frank, sagt seine Mutter, Frank sei still. Die alte Frau hebt den Kopf. Die alte Frau blickt das Kind an. Ihre Augen sind jetzt voll von Gefühl, ihr Gesicht tritt dahinter zurück. Sie schüttelt den Kopf. Mein Sohn hat Krebs, sagt sie. Manuela nickt, wickelt ihren Schal vom Kopf und legt ihn gefaltet in ihre Hände. Der Mann tritt aus dem Ganzen heraus und weist den neben mir Sitzenden an, hinter ihm herzukommen. Der Mann mit der Glatze erhebt sich. Sie sehen sich kurz an. Der Mann mit der Macht, der den Gartenzwergen ähnelt, sieht im Vorbeigehen kurz auf die alte Frau und runzelt die Stirn. Sie haben so schöne Hände, sagt die alte Frau, ohne ihn zu beachten, so mütterliche warme große Schaufeln. Sie sagt es zu Manuela, ohne zu beachten, dass sie weint.

Der Mann steckt seinen Kopf durch die Tür. Die Tür geht nicht wirklich auf, und sein Kopf ist nicht wirklich zu sehen. Es ist ein Vorgang, den er uns vor Augen führt. Der Vorgang macht uns zu Zuschauern seiner Tätigkeit, die unsere Untätigkeit hervorhebt. Die alte Frau greift nach dem Stock und stößt sich mühsam im Sitz nach vorn. Sie hebt den Stock. Sie hebt die abgeschabte, stumpfe Stockspitze gegen den Mann. Sie da!, sagt sie, junger Mann, Sie wissen ja gar nicht, was Sie da tun. Das Pärchen hebt interessiert und gleichförmig aus verschiedener Richtung seinen Kopf und kichert sich an. Sie sieht zu viele Filme, sagt er halblaut zu ihr und wendet seinen Kopf über die alte Frau hinweg in Richtung Tür. Der Mann, der seinen Amtsplatz ohne Miene bezogen hat, übersieht die alte Frau. Seine Hand umfasst die Türklinke. Er holt das Pärchen herein, mit einer Bewegung seiner anderen, der freien Hand, die den Stock nimmt und zerbricht. Er wird dort für eine Weile sein. Er wird dort auf dem Boden liegen bleiben, in Wirklichkeit zerbrochen, auch wenn sie ihn wieder aufhebt und die Aufmerksamkeit der Anwesenden sich auf diese Tätigkeit konzentriert. Ich habe keinen Fernseher, sagt die alte Frau, und hebt mit einem Stolz den Stock auf, den sie morgen dazu benutzen wird, um wiederzukommen. Ich habe nicht die Zeit und nicht das Geld, sagt sie, ich habe einen Sohn.

Die alte Frau hält den Stock fest in ihrer Hand. Die Hand ist knochig. Sie hat kein Fleisch angesetzt, doch das Gesicht, das dazu gehört, ist nicht hart geworden im Alter. Es ist vielleicht zu weich für die Welt, es widerspricht der Hand, die den Stock festhält, wenngleich die Wangen schlaff sind. Ein Zittern überläuft in Abständen ihren Mund und öffnet die Lippen, während sie spricht. Sie spricht zu Manuela. Manuelas Blick ist auf den Stock gerichtet. Sie starrt abwechselnd ihn und die Hand an, als wüsste sie nicht zu entscheiden, wer zu ihr spricht. Die alte Frau sagt: Ich werde meinen Sohn überleben. Manuela nickt schon wieder kaum merklich, und   Ricardo sieht von seinem Buch auf. Der Austausch unserer Blicke gibt einen Raum frei. Den Raum zwischen zwei Ländern. Als Cordula zum ersten Mal in Begleitung einer Sozialarbeiterin zu uns ins Haus kam, stand sie lange Zeit unbeweglich im Türrahmen. Sie atmete laut und beobachtete uns und das Zimmer, in dem wir lebten, und sie zog den Geruch ein, den unsere Körper ausströmten. Es war Manuela, die sich nicht beirren ließ. Wir anderen wurden steif in unseren Bewegungen. So steif und starr ist auch Ricardos Blick, nachdem er auf meinen getroffen ist. Er ist es nicht gewohnt, abzuschweifen von seiner Konzentration auf das Buch. Sie werden ihn nicht kennen und daher auch nicht wiedererkennen können, seinen Blick, wie ich meinen Bruder erkenne als einen, der zu den Menschen gehört, zu den Tieren und zum Weib.

Sie, mit dieser Anrede, von der sich niemand außer Ihnen angesprochen fühlt und die in unserem Kreis völlig ungebräuchlich ist, verbindet sich die unbekannte, stets gegenwärtige Fremde, die uns in Räumen wie diesem zu unbrauchbaren und daher wertlosen Artisten abstempelt. Sie verunstaltet uns. Es ist eine neue Übung, eine Übung, die uns auf Distanz zur Umgebung bringt, die wir brauchen, um uns zurechtzufinden. Die früheren Übungen drehen sich im Mund herum, sie turnen und zappeln mit unseren Zungen im Schlepptau, und auch das Kind turnt auf seinem Stuhl neben dem Mann mit der Glatze und zeigt noch keine Anzeichen von Müdigkeit. Die alte Frau hat die Wirklichkeit aufgegeben. Sie sitzt da und presst mit gesenktem Kopf ihren Stock. Sie, das sind alle außer uns. Aber die Alte gehört nicht wirklich dazu und auch das Kind nicht. Bei dem Mann mit der Glatze und der Mutter des Kindes ist es etwas anderes. Das andere ist nicht zu sehen. Es ist dazwischen. Es ist die Seife, die unserem Vater immer aus der Hand rutschte, wenn er danach griff. Es ist der Unterrock, den Mutter am Morgen im Schlafzimmer unter ihre Kleider zog und der den Tag über raschelte, aber in den übrigen Räumen bei Tageslicht nicht zu sehen war. Es ist die Todesanzeige, die wir gemeinsam nach dem Tod unserer Eltern aufgaben und die wir in der schwarzen Umrandung auf dem hellen Zeitungspapier anstarrten, ohne dass sie uns oder irgend jemanden sonst über mehr als ihr plötzliches Sterben in Kenntnis setzen konnte. Sie waren unvorbereitet gestorben, nacheinander, erst die Mutter, dann der Vater, innerhalb nur weniger Wochen. Der Vater hat nicht sichtbar um die Mutter getrauert. Er hat es nicht begriffen, dass sie gegangen war, fort ohne ihn, aufgelöst in etwas anderes, das mit seinem Leben nichts mehr zu tun hatte. Er hat nicht mehr gesprochen mit uns. Die Stille hat sich auch ihm aufgedrängt, genau zu der Stunde, in der sie von den Ärzten aufgegeben worden war. Lungenembolie hieß das, sie haben es ihm gesagt und diesen Begriff dafür gefunden und eingereicht. Wortgerecht hat er ihn an uns weitergegeben: Lungenembolie. An ihn waren alle Papiere adressiert, aber er hat es nicht verstanden. Er hat nicht mehr hingehört, nicht mehr gelesen. Er ging in die Stille. Er hat nicht mehr begreifen wollen, was er las. Sie war nicht da, sie fehlte ihm, sie war ihm fast alles gewesen, auch noch als sie röchelte. Es war so, weil es das gibt. Wir konnten das Unverständliche daran zuerst verstehen. Dass es unnatürlich war und viel mit dem Hass zu tun hatte, der in der Welt herumgeht und steht und liegt und kommt und den eine Person der anderen seltsamerweise ab und an freizuhalten versucht für den Rest, der bleibt. Das hat sie getan aus Liebe und Geduld und auch aus Selbsthass. Und diesen Hass, den er gebraucht hat, um sich umzubringen, nahm er nach dem Tod von ihr mit. Er nahm von ihr, was er brauchte, um zu sterben und den Gesetzen ihrer Ehe zu gehorchen. Die Gesetze sind Grundlage jeder Ehe. Vielleicht ist deshalb niemand von uns verheiratet außer Manuela. Wir anderen scheuen diese Gesetze, die sich mit anderen, nicht weniger gebräuchlichen Reglements in unserem Leben schlecht vertragen. Ricardo nimmt die Bücher zur Hand, um den Gesetzen nicht folgen zu müssen und um seinem Wunsch nach einer Frau zu entgehen.

Er hatte eine kurze Zeit lang einen Freund, der ihn mit Vorliebe bei uns zu Hause besuchte und den er mit auf sein Zimmer nahm. Er war sehr laut. Er stieß sehr hohe Töne aus, die erregend anzuhören waren. Sein Name war unwichtig, ebenso seine Herkunft und sein Tun. Sein gedrungener, angespannter Körper war das Wichtigste an ihm. Sein festes, fleischiges Gesicht hatte ein durchdringendes, scharfes Verlangen bekundet, das durch seine Lippen als Geruch in meine Nase stieg, wenn sie wieder aus dem Zimmer kamen. Wir sahen uns kaum an. Ich konnte trotzdem nicht anders, als darauf zu reagieren, indem ich vor Ricardos Tür wartete. Die Wölbung seiner Hose, die muskulösen, dunkel behaarten Beine und seine mich betastenden Augen veranlassten mich, seinem Geruch zu folgen, die Tür hinter uns zu schließen und Ricardo zu zeigen, was es heißt, wenn eine Frau und ein Mann auf einem Stuhl die Köpfe in den Nacken werfen. Das musste damals so sein. Wir haben nie darüber gesprochen, wie es aussieht, wenn eine Frau den Rock hebt und ein Mann seine Hose bis zu den Waden fallen lässt, wenn sie das steifer werdende Glied zwischen ihren Schenkeln und ihrer Scham durch sanften Druck erhärtet und den scheuen, körperlosen Bruder dazu veranlasst, seine Hand an das Glied zwischen den geöffneten Schenkeln zu legen und es zu massieren. Im Prozess der Geschlechter sich zu erfinden. Einander zuzuwenden, in dem fremden Spiegel. Es war ein sekundenlanger Einklang dreier Atem inmitten eines massigen Sees aus Schweiß und Wucht mit zwei gespreizten Händen auf meinen Brüsten, die mich knetend, streichelnd und drückend tiefer in ihn, den anderen, hineinschoben. Ricardos Stirn lag an seiner, des fremden Freundes Schulter und sein Zeigefinger zwischen uns. Er füllte damit einen Hohlraum zwischen Kitzler und Pimmel, einem Hohlraum zwischen Frau und Mann, in dem später seine Bücher nacheinander Platz fanden. Den Anfang damit machte er mit einer heftigen Reaktion bei Cordulas Ankunft, der er auswich, wo er nur konnte, und gegen die er seine Angewohnheit aufnahm, nur noch mit einem Buch in der Hand unter die Leute und zu sich selbst zu gehen. Sie dagegen zog ihren Sonnenhut ab, wenn sie ihn sah und erzählte ihm von der Wirkungslosigkeit der Verse Pessoas in einem Heim. Sie hat uns kürzlich geholfen, ein Haus zu finden. Es dient uns in Deutschland als Unterschlupf, auch wenn es merkwürdig gebaut ist. Sie gab uns Wegweiser, indem sie regelmäßig mit Manuela telefonierte. Aber sie hat uns kein einziges Mal besucht, seit wir hier sind: Ricardos wegen.

Der kleine braunhaarige Junge weiß nichts davon. Er weicht dem Stock aus, sitzt auf dem Boden und macht Anstalten, durch die Beine des Mannes mit der Glatze zu krabbeln. Seine Mutter zieht ihn hastig zurück. Der Mann mit der Glatze beugt sich vor. Das zerrissene Lächeln in seiner Müdigkeit hat mit dem Schimmer seiner glänzenden Kopfplatte nichts gemein. Er beugt sich so weit vor, als ob er fallen wolle, zu dem Kind, auf den Boden. Das Kind weicht freiwillig zurück. Seine Mutter hat es leicht, ihn auf den Arm zu nehmen. Die Tür geht auf, und ein frischer Windzug wirbelt eine ordentlich zusammengelegte Zeitungswelt zu uns. Der Mann ohne Miene trägt sie unter dem Arm, während er unwillig auf die Uhr sieht. Seine Welt misst sich an unserer, vermutlich heute mehr als gestern. Morgen ist eine andere dran, besser oder schlechter, weniger oder mehr, überflüssig uns zu sehen. Wir sind vergessen, solange unsere Welt nicht auftaucht, klingelt, sich setzt und wartend mit seiner zusammenstößt. Manuela blickt auf. Der Amtsmann sieht sie sich an. Es ist seine erste erkenntliche menschliche Regung. Sie ist männlich. Er sieht nicht mehr aus wie ein Gartenzwerg. Wir wären besser daran, nur unsere Schwester hineinzuschicken. Das ist ein unschöner Gedanke, aber er ist da, und Manuela weiß, dass er da ist. Sie sieht zurück, und Ricardo, José und ich stehen auf. Sie weiß, dass sie es oft war, von der unser Geschick abhing. Sie weiß, dass es nun auch ohne sie ginge, aber schlechter. Manuelas Leben würde uns fehlen, nicht nur ihrem Mann.

Manuela ist unsere Schwester. Sie ist die Älteste, die Schönste und die Traurigste von uns allen. Sie hatte keine Angst vor der Liebe, bis der Tod ihres Kindes sie traf. Anders als unser jüngster Bruder José verbirgt sie ihre zitternden Hände nicht. Sie würde das nie tun. José war immer Einzelgänger. José nimmt seine Hände vom Tisch, wenn sie ruhig sind, und legt sie in seinen Schoß, wenn Erregung und Beweglichkeit in sie fahren. Aber zu behaupten, José wäre immer so gewesen, ist falsch. Es ist der Raum, dieser Raum hier. Der Raum atmet eine andere Luft als er. Es gab schon vorher Räume, die nicht von einer Luft waren, die er braucht, um ohne Mühe zu atmen. Aber sein Blick sagt, ich verberge meine Hände so gut es geht. Es geht durch viele Räume gut, und nicht jeder Raum kann für mich geschaffen sein. Das sagt sein Blick, aber seine Hände zittern. Der Mann spricht jetzt.

Er wird die ganze Zeit sprechen, und wir werden zuhören. Wir werden nichts zu sagen haben und uns nicht erklären, denn alles, was wir sagen können, müsste sich in seinem Kopf erst durchsetzen, bevor es diesen Raum erreicht. Bevor es überhaupt in diesen Raum einströmen könnte. Dieser Raum nimmt unseren Atem nicht in sich auf. Er gibt ihn uns sofort wieder zurück, deshalb legt er sich flach auf unsere Brust. Es wäre unmöglich, den Mann zu fragen, warum unsere durch Übungen geschmeidigen Körper, unsere Gelenkigkeit und unsere durch tägliches Training hart gewordenen Muskeln für ihn keine Bedeutung haben. Warum Josés Hände hier mehr zittern als sonst. Warum es ihm Manuela endgültig wegnimmt. Warum Manuela erklären muss, dass sie verheiratet ist. Es gibt viele Räume in diesem Land, in dem unsere Erfahrung nichts gilt. Aber das ist wahrscheinlich überall so: Die Erfahrung, die wir machen, die nicht gebrauchte Erfahrung, ist die dünnere Luft, und die dickere zügelt unseren Kopf. Der Mann braucht das nicht. Er hat uns das voraus. Es hat nicht nur etwas mit den Modulen zu tun, mit denen er arbeitet und von denen wir noch nichts verstehen. Das ist eine Frage der Zeit, die Artisten von Mäzenen abhängig macht, statt von ihrem Publikum, und nicht mehr von der Armut, der Bewegung, dem Applaus und den Tieren zu leben erlaubt.

Wir werden hineingebeten. Der Mann sieht uns an, ohne dass wir etwas von uns auf seinem Gesicht wiedererkennen. Er verlangt nichts für sich selbst. Vielleicht gibt es nichts, was wir einander geben könnten. Die Ansicht unserer Umgebung hat uns wieder einmal getäuscht. Wir haben uns gern täuschen lassen von unserer Haltung, die wir in ihr einnahmen. Niemand nimmt uns wahr, auch meine Zuschauerrolle hat sich verbraucht. Ich habe sie eingetauscht mit einer Unfreiwilligkeit, in die ich zugleich mit Eintritt in diesen Raum eingewilligt habe. Ich bin dieser Name, Elena, und sonst nichts. Es ist gleichgültig, ob ich existiere, ob ich dahinter verschwinde oder auf dem Papier Erwähnung finde. Ob ich eine Rolle wirklich übernehme. Die Gleichgültigkeit ist grundlegend für meine Existenz. Meine Freude kommt daher. Auch meine Erinnerung. Das ist mit dreizehn Jahren schon so, wenn man die Welt kennenlernt. Wenn die Geschwister plötzlich fremd werden und die Eltern nacheinander sterben. Die ältere Schwester war da, das änderte unsere Rollen, indem sie schneiderte, wusch, buk, José über den Kopf streichelte und Ricardo ein Buch in die Hand gab. Sein Titel war: Artistische Kunstübungen für Anfänger. Obwohl er viel von Vater gelernt hatte, sollte er umdenken und neu anfangen. Manuela rief die entfernten Verwandten des spanischen Landadels zusammen, sie telefonierte gelassen mit der verhassten Schwester unserer Mutter und trug uns aus ihrer hochnäsigen Schenkerei den Alltag zusammen, für den sie mit Dankesbriefen unterschrieb. Sie arbeitete, und ihre Rolle war mehr, als mystische Flickschusterei. Es war Artistik, eine Form der Realität, wie sie auch jetzt zu sehen ist. Ich sehe, sie sitzt mit gestrafftem Rücken und wartet. Sie wartet auf das Kind. Sie weiß nicht, dass sie auf das Kind wartet. Auf ein Ungeborenes, Werdendes, das nichts ist, nicht sie und wir und schon gar nicht dieser Mann hier. Wir sind für ihn da, um zu arbeiten. Sie wird den Willen zur Arbeit nicht aufgeben. Der Mann ohne Miene belebt sein Gesicht. Es ist einerseits eine Frage der Worte und nicht des Körpers und andererseits eine Frage des Körpers, nicht der Worte. Es ist eine Glaubensfrage. Wir geben dem Mann zu verstehen, dass wir sie ihm abnehmen. Wir würden sie teilen, die Glaubensfrage, wir würden sie aufteilen unter uns, ein Teil der Arbeit, ein Teil der Worte, ein Teil der Körper, unseren Anteil. So, wie ich damals meine Rolle geteilt habe, indem ich das Wort suchte und auf Manuela stieß.

Der Mann hat mich angesprochen, dann José und Ricardo, und zuletzt Manuela. Er sieht Manuela kaum an, er sieht sie sich genau an, indem er an ihr vorbei guckt, um sie zu prüfen.

Manuela starrt auf den schräg seitlich gekippten Computerbildschirm. Sie sieht, dass es keine Stellen für uns gibt. Ich sehe das in ihrem Gesicht. Ihr Gesicht ist nicht verschwiegen, weil es nicht für die Lüge gemacht ist. Sie denkt an ihren Mann und an etwas, das ich nicht erkennen kann. Ich habe den Mann, der kein Gartenzwerg mehr ist, nicht verstanden. Ich kann ihn auch jetzt nicht verstehen, weil die Tür aufgeht. Die alte Frau steht im Rahmen, den sie nicht ausfüllt, weil er zu groß für sie ist, viel zu hoch. Dahinter blickt der Mann mit der Glatze in unsere Richtung, den Jungen auf dem Schoß. Der Junge blickt auf meinen Bleistift, den ich immer bei mir trage, und auf das Papier vor mir. Die alte Frau schiebt sich vor seinen Blick. Sie trägt den Stock in der Hand, seine Spitze zeigt in Richtung des Bodens. Ihr Rücken ist krumm, die Finger und die Beine sind zu blass, um gut durchblutet zu sein. Sie da, sie werden schon was finden, sagt sie. Ich muss zu meinem Sohn. Ich komme morgen wieder. Sie richtet die Stockspitze auf den Mann und hebt ihre wasserhellen, hoffnungslosen Augen. Der Mann nickt und sieht auf den Bildschirm. Die Alte wendet sich ab. Ich habe keine Arbeit für Sie, sagt der Mann, ohne den Blick vom Bildschirm zu nehmen. Sie können morgen wieder kommen. Seine Stimme klingt geduldig. Die Tür ist zu, bevor er zu Ende geredet hat. Es klingt in mir nach: Für Sie habe ich leider auch keine Arbeit, sagt er. Sie könnten in der Sanitätsreinigung anfangen, ich werde Ihnen verschiedene Adressen mitgeben. Jetzt beginne ich ihn zu verstehen. Seine Miene hellt sich auf, während wir aufstehen. Er gibt uns einzeln die Hand, Manuelas Hand hält er fest. Ricardo ist stur, obwohl José schon an der Tür ist. Sie verstehen nichts, sagt er. Sie verstehen gar nichts. Ich verstehe sehr gut, sagt der Mann und lässt Manuelas Hand los. Manuela sieht Ricardo an, sie rafft ihren Rock und wendet sich zur Tür. Raiva, espuma, a imensidão que não cabe no meu lenço. Und Sie wissen nicht, was das heißt!, sagt Ricardo und drückt seine Poesias an seinen Körper. Sie wissen nicht, dass ich nachts fluche, weil das Unermessliche nicht in mein Taschentuch passt. Es warten noch andere auf Arbeit, sagt der Mann. Er steht auf, geht ein paar Schritte, öffnet die Tür und winkt durch die geöffnete Tür die Mutter und das Kind herein. Der Junge kommt als erster. Er sieht Ricardos Buch in der Hand. Du bist ein kluger Mensch, sagt er. Welche Arbeit hast du denn gefunden? Wenn ich groß bin, will ich auch so klug werden wie du. Ricardo und der Mann sehen sich an. Ricardos Blick wirkt verloren, der des Mannes unentschieden. Die Mutter des Kindes schweigt. Manuela nickt freundlich. Sie zögert. Sie streichelt dem Kind im Vorbeigehen über den Kopf und wartet, bis wir an ihr vorbei gegangen sind. Sie ist die Letzte, zieht die Tür hinter uns zu.

Wir sehen uns an. Du hast wieder Notizen gemacht über alles, sagt Ricardo. Über nichts, fällt José ihm ins Wort. Das ist nicht üblich bei ihm, dass er ins Wort fällt, wenn seine Hände zittern vor Dingen, die nicht da sind, und anderen, die noch kommen werden, und dem Zwischendurch. Wir gehen durch den Gang zwischen den wartenden Augenpaaren. Wir spüren die Füße dabei und den Boden. Das Pärchen blickt nicht auf, obwohl ihre halblaut gesprochenen Worte im Rücken eben noch böse und ungeduldig klangen. Sie sind Deutsche, sie haben bessere Chancen als wir, aber das wissen sie nicht. Der Mann mit der Glatze lächelt. Wir lächeln etwas schief zurück. Wir werden Papiere ausfüllen und noch einmal von vorn anfangen, nach etwas anderem zu suchen als der Arbeit mit Putzlappen und Klobürste. Vielleicht wird jemand in diesem Land uns erlauben, Zeitungen auszutragen, morgens in der Frühe und nicht im Verkehrsstau. Das käme unserer Beweglichkeit näher. Vielleicht könnte Manuela für eine Kaufhauskette nähen oder bügeln, möglicherweise könnte sie leise singen dabei oder summen, und während die Männer Steine klopfen irgendwo, was sie sicherlich mehr befriedigen würde, als auf einem Toilettengang herumzusitzen und die

Cents zu zählen, werde ich Plakate mit der Aufschrift „Die Elite von morgen" überkleben, denn ich war immer gut im Tapezieren und Möblieren unserer Wohnstätten, und vielleicht reicht das für eine Anstellung. Wir werden in Zügen fahren, wenn wir nicht zu Fuß gehen wollen, vorbei an den Plakaten, die ich kleben könnte, denn unsere Wohnwagen und unsere Tiere und die Gerüste und das Zelt haben wir schon lange verkauft. Nur unsere Körper sind uns geblieben, die daran erinnern, was wir einmal waren. Francesco wird uns ein wenig Geld von seinen Eltern zukommen lassen, und er wird schuften für Manuela, für sich und das Vergessen, das manchmal die letzte Hoffnung ist.

Manuela hat sich in ihrer Stoa verheddert. Wir stehen im Flur zwischen dem Warteraum und dem Ausgang zum Treppenhaus und zu den Fahrstühlen. Der Mann mit dem Lächeln und der Glatze ist eingeschlafen. Das Lächeln ist in die offene Lippenfalte gerutscht und hat seine Mundwinkel heruntergezogen. Das Pärchen ist nicht mehr zu sehen, es hat uns noch einmal zugenickt. Es sitzt hinter der Wand, die die Sicht in den Warteraum versperrt. José schiebt seine Hand in Manuelas Nacken, zieht ihre Stola zurecht. Er ist fürsorglich. Er wurde immer fürsorglicher nach Mutters Tod, als wollte er ihre Abwesenheit ausgleichen. Er dreht sich um und geht als erster in Richtung Ausgang. Er wird sich zurückziehen. Er war der einzige von uns, der sich auf Dauer mit Cordula verstand. Er flüchtete nicht vor ihrer wechselhaften Art, er glich sie aus. Er sah ihrer Geschmeidigkeit zu und manchmal öffnete er eines unserer Fenster und sah ihr nach, wenn sie fortging. Er nahm auch ihre Launen schweigsam hin, wenn sie wiederkam und nicht zufrieden war. In ihrer Nähe hörte das Zittern seiner Hände auf. Er widersprach Ricardo ein einziges Mal in einem groben Ton, als der behauptete, dass sie sich zu oft herumgetrieben habe. Sie suchte, sagte er zu ihm gewandt, er, als jüngerer Bruder den älteren zurechtweisend, sie suchte im Gehen. Und sie war es, die wieder zu uns kam, um Manuela in der Trauer um ihr Kind einen Halt zu bieten, ohne Francesco an ihrer Seite zu stören. Es ist das Gehen, das sie zu sich bringt wie dich ein Buch, sagte José. Ricardo schlug wütend die Tür hinter ihm zu. Sie sind zwei ungleiche Brüder. Das waren sie auch in der Manege. José stand mit den Zehenspitzen auf dem Seil, und seine Zehenspitzen berührten seinen Hals, wenn er sich zu einer Kugel zusammenrollte und auf dem Seil balancierte. In seiner konzentrierten Art lag immer etwas Anstrengung, wenn er sich vor dem Publikum verbeugte, als brauchte er tosenden Beifall nicht. Seine schmalen Hände dagegen trugen ihn nicht und bei den Übungen, die Ricardo mit ihm veranstaltete, um ihm beizubringen, auf den Händen zu gehen, versagte er. Er sprang mit Leichtigkeit einen Salto und dann auf Ricardos Schultern, aber ihre Körper vertrugen sich nicht, näherten sich nur bei der Arbeit und gingen sich sonst aus dem Weg. Ricardos Sensibilität öffnet sich dem Auge des Textes und einer Unbekannten, für die er aus Unerfahrenheit keine Empfänglichkeit hat. José dagegen hat Angst vor seinem Schweiß und vor seiner Weiblichkeit, die ihn, wenn er sie zuließe, zum Mann machte. José ist jetzt schon voraus gegangen. Er steigt bereits die Treppenstufen hinab. Manuela geht zögernd zum Fahrstuhl. Langsam dreht sie sich um. Sie gibt mir mit den Augen zu verstehen, dass ich mir zu viele Gedanken mache, auch wenn ich meinen Bleistift nicht benutze. Ihr schwarzes Haar glänzt und ihre dunklen Augen sind weniger traurig als sonst. Ich möchte ein Kind, sagt sie leise. Am liebsten mein Mädchen. Ricardo weint. Er presst das Buch unter seine linke Armbeuge und drückt mit dem Zeigefinger seiner rechten Hand den Schaltknopf für den Aufzug.

Ich sehe noch einmal das Publikum, das Klatschen, die berauschten Gesichter jauchzender Kinder. Der Schweiß unserer Achseln liegt in der Luft. Die Fahrstuhltür öffnet sich. Ricardo wendet sich ab und geht zu den Treppen. Manuela strafft die Schultern und betritt den fahrbaren Raum, den sie hier ausstatten wie ein Spiegelkabinett. Ich werde ihr folgen. Unsere Tante auf dem Gut, die sesshafte Schwester unserer Mutter, wird uns großzügig schwarzen starken Kaffee anbieten, sollten wir sie einmal besuchen. Sie wird zu plaudern wissen über ehemalige Wiesenverwalter und die ersten tänzelnden Schritte ihrer Schwester. Und darüber, dass wir unseren Beruf nicht mehr ausüben.

4 Das Pissoir

Kleine Heulsuse war sie, hat sich weniger gemocht als heute. Man sagte von ihresgleichen im Dorf, dass es sich nicht lohnte mit einem der Mitglieder ihrer Familie einen Plausch anzufangen. Oder eine Gefälligkeit auszutauschen. Sie zogen vorwärts in die Stadt H., für drei Jahre. Später in eine größere Stadt. Die Anonymität gab dem Beruf größere Ehre. Ihre Schwester war weniger zimperlich nach dem Ereignis in der Sauna. Damals nach meiner Hilfe wurde jedes Leid von der Familie verschwiegen. Sie suchte sich Männer, wie sie kamen, nicht wie sie gingen. Die andere nahm sich nur einen, der war wie ein Bruder. Einsamkeit kannten sie beide. Berichterstatter vom Dienst zu Besuch hin und wieder war ich, wenn vor Ort. Die erste Begegnung als Kinder. Liebte ich sie und liebte sie mich ist bis heute Gerinnsel im Kopf. Vor mir der Text: *Heißes Blech über bewährter Technik. Nur zwei Jahre nach der Erstzulassung sind sie im Durchschnitt gut ein Drittel weniger wert als noch beim Abschluss des Kaufvertrags.* Vergessen ist schwer. Wie ein Vogel im Kopf singt: Nachdem ich Archivar wurde und immer noch hier sitze und die Nachrichten aufbereite, damit sie wer kauft. Ihr sind meine Lieblingsschriftsteller zu trocken. Sagt aber ja: Zur politischen Poesie, sagte sie, Wein mag ich, und Gerinnsel lösen sich auf. Dies Denken, das nicht zu unterlassen ist. Realität kommt aus dem Radiogerät von schräg hinter Rücken sitzendem Kollegen: But when you leave me, I´ll be wishing I, wishing I was there. Und sie versprach nichts und gab: ... Es verging nicht. Die Brötchen waren bestellt, der geregelte Ablauf beschlossen. Bei ihr verging das Chaos nicht. Das lag in der Geschichte der Familie begraben. Die war so schlecht wie jede andere. So ging sie fort, sprach von Synthese: Erbetene Treue ist Untreue. The True. Touch me. Er wusste nicht, woher sie das hatte. Es war da: Bei ihr mehr als ein

Buch. Hatte sein Ich vorher oder nachher einen steifen Stock verschluckt. Das Gerinnsel gab einen Tod preis, zu erkennen. *Kein Experte für Zeitmanagement.* Ihre Entwaffnung; sie hatte nichts gegen Krücken. Jetzt war Arbeit zu tun, ein Blick auf die Uhr, er wollte sie, er musste zu ihr. Er war aber hier. *Studie: Verdrängungswettbewerb   bei   Hightech-Unternehmen. Porsche der eigentliche Kandidat für den Dax. Strebt an die Wall Street.* War nichts zu machen. Hoy, hoy, hoy. Die kleine Hütte. Nicht Hunger, nur das, was sie hier Armut nannten. Sie verstand die Sätze seiner Arbeit nicht. *Versicherungen   betrachten   Fahrtechnikkurse   der Automobilhersteller mit Skepsis.* Übersetzungen auf dem Hackbrett. Liebte das Oy Piydu Ya, diese Klezmermelodie. Sie wollte nicht zugeben, dass es der Klang vergangener Zeiten war. Das schneller schneller schneller schneller der Männerstimmen, hey hey hey der Rock wie er flog, er flog, sie war Reiterin der Huzulen, ihre Beine hell auf der Suche. Immer noch war sie eine des Reitervolks bis hin zu den Mongolen, ritt und ritt und ritt. So war sie erzählt, Geschichte aus Musik, die die Braut zum Weinen bringt. Auf einer Hochzeit war sie nie gewesen, sie nahm den Instrumentenbauer in den Arm, mit Schwung, is a Mensch was hot und graziös im Lächeln. Plötzlicher Hunger auf lang vorbereitete Rituale, das war ihr Traum von Hochzeit, die nicht stattfand, sie wirkte verloren auf der Strecke in dieser Stadt ohne Noten. Der Schwung in diesem Körper, war hey hey hey hey, war unorthodoxer wilder Ritt aus leiser Wiederholung, des hat geheißen frei lass sein und die Geige spielte spiel spiiiel und zupfte dazu, und sie nahm ihr Korsett ab und stellte es beiseite. Das Kleid war lang und Hüfte folgte auf Taille und er sah ihr zu nach dem Klang vergangener Zeiten. Passend jetzt zur Schlagzeile. *Die Verkettung der Dinge. Die unterschiedlichen Philosophien schlagen sich auch in den Kursgebühren nieder. Schleuderübungen für den Nachwuchs.* Und lang war die undenkbar längste Schleppe des Kleides, bedeckt von Asche aus Begriff von Heimat. Und die Spende für die Alten kam nicht aus Stadt F. groß buna klein leut, sondern aus Übersee. Versorgte Leute östlich entfernt vom Goethehaus, versorgt von Gemeinden aus den Vereinigten Staaten. Sie gaben Geld für ein Seder-Mahl, gegen Anwachsen des Vergessens; ungültig lange sonst war das Jahrhundert, wurde noch länger. Er schaltete um auf: Ich. Ein Auftakt im Radio: Brave Old World. Nur die Christen hinter Neiße waren bis heute lebend als Anverwandte. Tritt jetzt heraus aus dem Gerinnsel mit viel Mühe, erinnere dich des nachträglichen Bewusstseins und nun spiel spiiel spiiielt Kiiender wolln weinen wir zur Fidl und lernen Englisch und Französisch, aber kein Latein. Das sprach sie weise zu ihm und zum mittelalterlichen Tintenfisch und hin und wieder stritten sie sich: Ihre Mutter mit Vorlieben für Lyrik und Blumen, diese, nicht wahr, sagte sie. Diese Verse nehmen wir, diese aus dem Buch des Bösen, nur diese. Neunzehntes Jahrhundert entgegnete eine ihrer Töchter, allerspätestens, ziehen wir um. Welche gefiel mir nun? Welche liebe ich mehr? Das Geigenspiel streich jetzt aus den Achseln und besing den heutigen Leitartikel. *Königliches Vergnügen. Range Rover nimmt Abschied von Leiterrahmen. Äußerlich trägt der Range Rover noch deutliche Züge seiner Vorfahren.* Selbsttragender Klanglaut schwingt sich im Takt dieser Fidl. Immer noch. Das Cooky will eingerichtet sein, Achtung! und abgebrochen werden auf dem Bildschirm. Soll er ehrlich zur Arbeitszeit sein, bis zur Stechuhr sind es noch zwei Stunden. Denke er nicht jetzt. Heute Abend heute Abend. Jetzt noch ein Informationsertrag, ich ziehe das Fax auch ohne Sie heraus, danke, Herr Kollege. Die andere Richtung aus dem Fenster war vom Südbahnhof aus dreitausend Kinder in Rauch, Zug quoll über auf Schiene. Arbeitstag, Arbeitstag, sonst nichts: Im Beisein von neuster Gegenmeldung, diesmal aus dem Feuilleton: *Eine Revolution, die nicht an unserer Utopie scheiterte.* Würde ein Feature passen. Schriftlich durch die Hölle und wieder zurück und *perfekt* in Hülle und Fülle, klitzekleine Bestandteile. Vor den Rezeptionistinnen muss ich nachher eine gute Figur machen. Der Kollege weiß mehr; er reicht den Hörer.

Gewartet habe ich schon, als er noch am Gartentor stand und es sich überlegte. Szenen, üblicherweise ohne ein Komma oder einen Bindestrich. Zu den Rollen gehörte, was sie jetzt denkt im Rahmen provinzieller Gestaltung: Aufblühende Rose, harte Knospe, elastischer Blumenschwengel. Unvermeidliches Zubehör in der Katalogliste der Romanciers. Die Liste liegt im Keller. Von heute aus betrachtet hört sie es immer noch, sein Stöhnen im Ohr. Jetzt im anderen die laute Zwischenfrage, wer den Seminarclown macht. *Ist diese Szene nicht artistisch anstatt realistisch?* Das könnte Cordula sein, natürlich, sie sitzt als aufmerksame Seminarschülerin in der hintersten Reihe. Angekündigt ist *Realismus in Theater und Film.* Das ist auch eine Technik, geh ihr nach und dann über die Grenze, da stand er und die Gartentür war nur angelehnt. Das war anders als in der Toskana: Nicht ockerfarben, nicht niedrig an Steinmauer anschließend, nicht zersplitterter Holzrahmen, nicht Türring. Tünche war nicht vorgesehen zwischen ihnen. Konzentration ist der Seminarleiterin erste Pflicht: Sie müssen üben, üben, üben, denn die Technik ist ein Einstellungsverfahren. Cordula ist heute als Erste dran. Sie spielt den Clown, fällt nach vorn, stößt ihre Nachbarin an. Wird Comtessa mit dem Fächer in der Hand, so könnte es gehen. Die Theorie hat sie gelernt. Abgesehen von meiner Eifersucht ist sie ein Talent. Ist das wirklich Ihre Frage, junge Frau. Sie sitzen da vorn und ihre Kommilitonin weidet sich genüsslich an ihrer Heiterkeit. Unter der Brücke beginnt das Sterben, würden Sie sagen, und Sie da, ja Sie dahinten, schon wenn wir auf ihr stehen, würden Sie vermutlich hinunter gucken, aha, wenn es ginge oder auf einen Befehl hin, und? Wenn Sie vorher schon sehen würden? Und Sie ahnen, Sie werden gar nicht, Sie sind gar nicht bereit, Sie sind noch nie auf diesen Gedanken gekommen, weil Sie Geld verdienen mussten oder vielleicht erkrankten Sie schwer, vielleicht werden Sie auch etwas erben. Eben haben Sie daran gedacht, nicht wahr, dass Sie einmal ihre Wechsel verlieren könnten gegen andere, die Ihnen noch nie ausgestellt worden sind von dieser Welt; daher können Sie dieses Stück auch noch nicht kennen, dieses Stück, das für uns Frauen umgeschrieben werden müsste. Von welchem sprechen wir? Antwortet der Musterschülerstudent: Großes Stück mit wenig Wirkung, *da Weisheit im Erkennen und Niedrigkeit im Tun häufig beisammengefunden werden.* Bravo! Das Seminar läuft schon seit einer halben Stunde; aber es gibt welche, die sind immer noch nicht angekommen, allen voran die Leiterin. Das sollte ich mir nicht anmerken lassen! Bitte hierher gucken, ja, der Diaprojektor reflektiert es. War ich das eben? Eine Erklärung bitte, Erläuterung und nun üben Sie an der Rampe! Wenn sie nun einfach nach Hause gehen könnte als jemand wie Ich und warten auf den Abend, den unehrlichen, den seit langem der Länge nach längsten. Wie hieß die doch gleich da hinten? Und wenn, was wäre dann, wenn sie diesen Abend anders verbrächte als andere, würde diese Cordula immer noch genüsslich die Beine übereinander schlagen? Sie wird nie begreifen, wie das zu schaffen ist, diesen Knoten in den Gedanken, ausgedrückt mit diesen Gelenken, die so biegsam sein müssen, dass, aber lass sie sein. Konzentration, mehr Konzentration bitte, herhören, Konzentration ist eine Fuge, die noch erklingen wird, wenn sie die Stadt längst verlassen hat, diese Flucht durch ein Thema. Nun dekliniert sie, eine hassenswerte Stimme, die immer noch dieses Seminar mit Unsinn unterhält; man soll es einmal von ihr gesagt haben: Sie, diese Figur von heute, war fröhlich als ich starb. Das ist das Schöne daran, wenn man sich nicht mehr weh tun kann. Die Gleichgültigkeit gegen sich selbst ist Folge täglichen Trainings. Es werden Übungen verteilt wie Ohrfeigen, hier ein Lächeln, wohlwollend bis belustigt, dort ein Paar Augen, die sich fragen, ob mehr daran ist als ein weiblicher Körper. Es lässt sich sagen darüber, was man möchte: Ihren Geist kann sie getrost übersehen. Sie ist ein

Vogel, so frei: Deswegen könnten Sie alle nach Hause gehen, aber es bleiben ministerial-bürokratische Anweisungen; sie sind angeschlossen an dieses Seminar. Nur nichts anmerken lassen. Jetzt kommt wieder diese Nachfrage, ob der Markt das denn auffangen könne. Wenn sie wüsste, wann er beginnt, der Abend, auf den sie noch wartet. Könnte Sie das; jetzt das Fenster öffnen und den Duft des Vergangenen vergegenwärtigen und anhand des letzten Drehbuches zu erkennen geben, dass das Kommende vor Ablauf der Stunde frühzeitig zu beginnen hätte: *Dirty fingers in the heart.* Es ist so weit, draußen beginnt die Dunkelheit den Abend einzukleiden, mit dem die Sitzung, ach was: Ist hiermit beendet.

Kurze Zeit später lief ich in den Abend ein, schlug die Füße an den Bordstein, an meine Sprache, meinen Leib. Sag: Dzien dobry, Kochana, sag's mir, ich will's hören. Es war nichts zu machen. Ich nicke vor mich hin, es will dekliniert werden: Ja ide, ty idziesz... Die Arbeit liegt hinter mir, wird sie nicht wissen, aber vielleicht geht's ihr ebenso, obwohl, sie weiß noch nicht viel von mir, nur dass ich der Sohn eines Polen und einer Deutschen bin. Habe mich hochgearbeitet damals wie ihre Familie, die wegzog, zog nicht die Nase hoch wie sie manchmal es heute noch tut, sie glaubt, ich merk das nicht, aber da irrt sie sich. Ich bin ein einfacher feinsinniger Mann und werd es bleiben, auch wenn wir bis in die Vereinigten Staaten gehen, weit wird sie ohne mich nicht kommen. Neidisch bist du, gib's zu, sie nimmt hier und dort und da und verbindet es mit ihrem ungläubigen Haar. Nichts zu machen, das ist verzweigt und länger als strenge Religion. Sehnsucht, ich hab's gesehn in diesen Augen, die Sehnsucht ist da und im Körper, sie kann's nicht verbergen, ihr Körper verrät sie. Er sagt, glaub ja nicht, dass es ohne Tanz und Mystik geht. Sie hält diese Traditionen des Umlands hoch, meint, das wäre Beitrag zur Gesellschaft und berät die Situation mit der Bettine am Totenbett von der Rahel. Nun will sie sich's anders überlegen, was soll man da sagen, über die Schulter erzieht der Geist sich zum Herzen, wenn er nicht den Körper gebrauchen lernt. Ich hab lang gebraucht, um sie zu verstehn. Das ist Romantik, sagt sie, und wenn du Maimonides nicht verstehst, kannst Du mir mit dem Nathan von Lessing, ich meine Johnson, gestohlen bleiben, hörst du. Und ich sage, ja ich höre, aber ich höre nicht, denn ich sehe ihren Körper, und dann verstehen meine Ohren nicht mehr, was sie gedacht hat. Ich will sie, ich will, dass es aufhört, ich will nicht in die Staaten gehn. Das Angebot ist da und liegt zu Hause auf dem Tisch in diesem deutschen Land, wo ich der Sohn eines Polen bin. Nje, was soll ich tun. Von wem rede ich eigentlich, diese Schwestern und ihre Familie, ich kann sie nicht auseinander halten. Ich sage nicht: Dzien dobry. Eine Klingel an dem Haus fehlt auch. Überhaupt ist das merkwürdig gebaut und sehr hoch. Wieso werde ich hier herein gehen, wie mir geheißen wurde, wenn die Schwester dort wohnt, der ich, damals noch jung, geholfen habe? Das bringt mich ins Schwitzen. Ach was, von den Räumen her und dem langen Flur ist es dasselbe, sieht aus, als wäre ich schon einmal hier gewesen, vor der Erinnerung, nach der Erinnerung und jetzt ebenfalls. Das muss eine Verirrung sein. Das Plakat hing damals im Dorf nicht bei ihnen: Es sieht zu hässlich aus, um freundlich zu wirken, dieses Tier darauf ist unansehnlich wie die Aufteilung der Räume und scheint seine schuppige Haut und seinen Schwanz zu bewegen. Was wird sie machen hier mit mir? Die Treppe führt durch den Keller und ist ohne Geländer, das kann einem den Kopf brechen auf dem Weg, Kochana, das war schon damals so hinter dem Gartentor.

Severin, du irrst dich. Welche Stimme du hast und wohin sie dich führt, entscheide ich allein. Diesmal irrst du dich, Kochana. Ich entscheide mit, worauf es hinausläuft. Es ist lange her, Severin. Es kommt wieder, Kochana, es kommt auf uns zu.

Sascha hatte mir nie etwas verraten von dem, was sie als bloßen Abfall weggeworfener Empfindungen ansah. Ich stand vor dem Glas auf der Straße und sah diesen Film. Ich sah den Abend auf uns zukommen. Seine Kastanienfarbe. Die dunkle Röte mit den pittoresken Einsprengseln. Ich sah die Nester des herausgestrichenen Arbeitsaufwands. Einzelne Stöckchen flogen aus meiner Erinnerung. Der Wind war lau. In den Achselhöhlen des Mannes vor mir sammelte sich der Schweiß. Ich fing die Stöckchen auf und zerknickte sie. Von hinten sah ich, wie die Flecken unter seinen Achselhöhlen sich dunkel und kreisförmig auf seinem Hemd abzeichneten. Severin stand gespannt da, ein Teil seiner selbst war Stück dieses Holzes, von dem ich unzählige verästelte Bestandteile in den Händen hielt, aber er konnte meine Beobachtung nicht ahnen. Er kannte die Gegend nicht. Er vertraute mir. Er wusste nicht, dass ich hinter ihm stand und abwechselnd ihn und den Abstand zwischen unseren Existenzen beobachtete. Er suchte vergeblich nach einer Klingel an dem Haus, in dem Sascha wohnte. In der Dämmerung gingen Menschen an uns vorbei. Ich würde mich unter sie mischen, verstohlen um die Ecke biegen und durch den Kellereingang gehen, an der Sauna vorbei, wenn Severin im Hauseingang verschwunden war. Ich konnte mir darüber keine Rechenschaft ablegen, obwohl ich wusste, dass er mehr Zeit gebraucht hätte, um sich zu entscheiden, als uns zur Verfügung stand, und dass Sascha die Tage mit ihrem feingliedrigen Körper ausmaß. Ich glaube noch heute, dass die Verfügung über die Zeit seit jeher zur Geschichte unserer erotischen Ästhetik gehört. Dass ich nicht aufhören können werde, die Blumen des Bösen aus ihren Beeten und Töpfen zu reißen, ihren trostlosen Gräbern und eingebetteten Gerinnseln der Lyrik, aus ihrer männlichen Provenienz und ihrem Abschied. Ich sah mir Severin genau an, als er die Tür aufstieß und verlor dabei die Kontrolle über sein Vorgehen. Ich verlor die Übersicht über das, was ich mir vorgenommen hatte mit diesem Film, über seinen Verlauf, unser weiteres Leben, den Einfluss von

Erfahrungen, auf der Suche in Saschas Haus.

Die Räume waren merkwürdig aufgeteilt. Überall sah es gleich aus, nur ihr Winkelmaß war unterschiedlich, und der lange Flur zog sich zur Treppe hin. Während ich aus dem Keller hinaufstieg, stiegen meine Beine andere Treppen hinab. Ich stieg hinauf und hinab und in einer Schleife, die das gusseiserne Geländer machte, stieg ich hinab, obwohl ich hinaufstieg. Es war eine Lichter sprühende, verdrehte Welt, die meine Hände anfasste und meinen Körper an der Tür vorbei schob, die zur Sauna führte, und an einzelnen mit Tapeten bezogenen Wohnräumen entlang über eine gewundene Wendeltreppe und mehrere Ab- und Aufgänge bis zu einem langen Flurstück führte. Am Fenster klirrten leicht die Scheiben, als in der Ferne ein Zug vorüber fuhr, in den ich sogleich einstieg. Aus einem seiner Wagen sah ich von innen, wie der Raum sich hinter mir schloss und ein anderer sich öffnete, in dem eine nackte Frau auf der Toilette saß und eine andere, ebenfalls nackt, sich breitbeinig auf einem Bidet sitzend mit lässiger Gebärde wusch. Der Zug fuhr durch die erste Frau hindurch und hielt. Ich sah genau in sie hinein, aber ich erkannte sie nicht. Ich wollte aufstehen und den Wagen verlassen, aber es ruckte und der Zug fuhr weiter. Er fuhr durch meine Neugierde, ich spürte es an meinem Glied. Ich hielt still, als ich leise Wasser plätschern hörte. Ich wendete meinen Kopf. Der neue Raum war ein Erlebnis. In einem Bad sah ich die zwei Schwestern. Und die helle, die ich gerettet hatte, gefiel mir besser als die dunklere, deren Körper ich gierig umfangen hielt. Ich würde sie immer umfangen, wenn ich sie sähe, und an mich pressen und mit einem unverhohlenen Instinkt begatten.

Wir waren allein, wenn wir uns zu zweit begegneten, ganz allein, ganz gleich an welchem Ort, mit wie vielen Leuten, zu welcher Zeit. Es war so. Wir mussten eins werden, sofort. Bei mir begann es sehr früh hinter dem Gartentor. Sie lief vorbei mit ihrem dunklen, unausweichlichen Haar und ihrem leichten Gang. Sie wippte beim Gehen, da sie mit den Ballen zuerst auftrat. Sie war noch ein Kind mit diesem Zauber wachsender Brüste und einem scheuen Blick. Das Ereignis, auf das ich reagierte, hob seine Realität auf. Ich war noch jung. Zu jung, um das zu verstehen. Wir überschritten das älteste Verbot. Sie zirpte mit den Lippen. Sie zirpte diese Melodie, die mit ihr ging, in ihren Rock schlug und ihre Schultern geschmeidig machte. Sie trug einen Grashalm im Mund, auf dem sie herumkaute, obwohl ihre Eltern es ihr verboten hatten. Sie nahm an keiner Veranstaltung des Dorfes teil. Dafür pflückte sie Grashalme am Wegrand und öffnete leicht den Mund. Sie zirpte. Sie sagte, hörst du diese Grillen, ich liebe das Geräusch der Endlosigkeit, das abrupt anhält. Ich hörte es nicht. Ich sah den Grashalm zwischen ihren Lippen. Ich sah ihre Lippen. Ich legte sie ins Gras, diese Lippen und biss in sie hinein. Ich pflückte sie wie Kirschen. Ich war ergriffen und griff nach ihr. Es war unser Tag, hell, obwohl sie dunkles Haar hat und diese Haut, die nicht aus dem Norden kommt. Ich sprang über den Gartenzaun und wir gingen ins Gras. Warum wir gerade dorthin gingen, weiß ich nicht. Es war in unseren Köpfen, das Gras, bevor wir uns darauf legten. Es waren die Grillen, die uns riefen und zusahen. Da war ein Zaun, der Gartenzaun des Hauses ihrer Eltern, und davor standen Tannen in einer Reihe, die zur Straße hin zwei Lücken aufwiesen. Dorthin gingen wir. Sie war ein Kind, dieses Mädchen, so wie ich ein Junge war. Wir waren zu erregt, um unbeholfen zu sein. Wir brauchten uns nur zu sehen, um erregt zu sein. So ist es bis heute, ein Blick reicht. Es ist die Erregung, die sich durch die Körper mitteilt. Sie ist da, in uns, im Ereignis. Ich ziehe sie bereits aus, wenn sie noch angezogen ist. Sie zieht sich selbst aus, sie streichelt mein steifes Glied mit einer sachten Bewegung des Daumens durch die Hosennaht. Es ist hellichter Tag, und sie legt ihren Pullover ins Gras. Sie streift mir die Hose von den Hüften, trotz der Beule wirkt es einfach. Ich sehe den kleinen

152

Leberfleck auf der ersten sichtbaren Rippe unter ihrer Brust, während ich ihr das Hemd über die linke Schulter schiebe. Ich kann nicht mehr. Das Glück ist groß, dieses Glück, dieses unverkäufliche, das durch nichts zu ersetzen ist. Die Luft ist feucht, mein Atem still. Es wäre eine Lüge zu behaupten, dass es einen anderen Körper gäbe, der das in mir auslösen könnte. Es wäre eine Lüge zu behaupten, dass wir uns je geliebt hätten in der Zeit, durch die Zeit hindurch, die Dauer ertragen kann. Wir kennen nur dieses Jetzt. Der Augenblick ist gekommen. Er geht mit uns. Er macht aus uns Gegenwart. Es gibt keine Macht in uns außer dieser. Sie kommt. Sie geht. Sie kommt wieder. Sie ist nah. Sie sieht aus, wie ich mich fühle. Es ist alles eins und nichts und anders. Kühl ist es und warm. Es ist Mirjam. Sie steht auf, schwankt leicht, läuft halbnackt zu den Tannen. Die Eltern, der Tag, die Nachbarn, das Verbot haben uns verlassen. Ich muss über uns lachen. Wir sind jung, aber alt genug, um gelassen zu sein über das, was so unfassbar ist, dass wir es nicht vergessen werden.

Wir wissen, was jetzt kommt, kann gestört werden. Aber das Gras hält still, es biegt sich, es schweigt. Ich möchte ihr den Rock ausziehen, den Mädchenrock. Sie trägt eine Schleife. Ich binde sie auf. Sie wiegt sich, sie trägt ein wenig Speck auf den Hüften, ist dort kindlich weich, obwohl ihre Beckenknochen herausragen. Ich drücke mich mit einem Stöhnen in ihre Fülle. Es ist drängend ohne Unterlass, es ist der Fluss, der fließt, wenn wir schon tot sind. Sie hat etwas Harz an den Fingern. Sie nimmt einzelne Tannenzweige und reibt sie sich ins Schamhaar. Sie legt den Kopf zurück und ich knie mich hin und lese sie mit meinen Lippen einzeln auf. Ich umfasse ihre schmale Taille, und sie legt ihre Hände auf meine Schultern. Wir knicken ein, lassen uns fallen. Es tut nicht weh. Sie streichelt mir über das Haar, streichelt meine Hüften. Sie massiert einen Oberschenkel, berührt meine Kniekehle. Es kitzelt. Das Gras biegt sich, und wir hören ein Kichern, das vorübergeht. Ich stecke ihr einen Strohhalm in den Mund, den sie langsam mit der Zunge einrollt, in sich aufnimmt, ausspuckt. Ihr Gesicht kommt meinem Saft entgegen, näher kommt es, mir entgegen. Ihre Brüste sind klein, rund und spitz. Das Kichern kommt von der Straße. Wir drehen unsere Köpfe. Es ist niemand. Niemand, der gesehen werden will. Es sind mehrere, es kümmert uns nicht, ihre Neugier, aber es verzögert den Augenblick. Ich winke sie vorbei, ich neige mich in die Gegenwart hinein, schiebe sie fort, die anderen, diese Welt, das Anderswo, indem ich mich auf ihren Leib schiebe. Ich fühle mich schwer und leicht, während sie mir die Unterhose abstreift, während sie mir in die Brustwarzen beißt. Sie leckt meinen Oberkörper, ich schiebe meinen Kopf zwischen ihre Brüste und hebe mich an. Sie öffnet ihre Beine, sie wird ihre Beine immer öffnen, so lange sie lebt. Es ist der Moment, in dem wir Mann und Frau werden, dieses Mädchen Mirjam und ich. Wir sind ineinander verbissen, meine Lippen bluten, ich werde wieder geleckt, beiße ihren Hals. Sie krallt sich in meine Schultern, sie schaukelt. Wir liegen im flachen Gras und bewegen uns. Es ist das Alter, das auf uns zukommt, das uralte Spiel, das mehr ist als Lust. Das Kichern ist längst verschwunden.

Der Schlüssel ließ sich zuerst nicht umdrehen. Nach einigen vergeblichen Versuchen klemmte die Tür zum Hintereingang. Nach mehrmaligem hastigen Herunterdrücken der Klinke ließ sie sich quietschend öffnen. Die schwere Eisentür mit Holzbeschlag passte genauso wenig zu dem Haus wie das Plakat mit dem unheimlichen, wechselhaften Tier. Im Keller war es dunkel, nur auf der Seite längs des Weindepots waren helle Sonnenflecken an den Wänden zu sehen, und der Staub rieselte von einer alten Wanduhr, die in einer Ecke des Kellereingangs stand. Sie schlug schon lange nicht mehr. Sie war ein Andenken von einer Mutter an die andere gewesen. Zuletzt hatte Sascha sie sich vorbehalten, und bei der

Anmietung des Hauses hatte sie darauf bestanden, sie aus einer alten Glashütte am Stadtrand zu holen, in der sie sie vorübergehend untergestellt hatte. Es war ein Monstrum, hoch und massig. Mahagonifarben. Sie stand schon seit der in der Provinz verbrachten Kindheit als Abbild dunkler, geheimnisvoller Macht im unteren Flur neben den beiden Gobelins und dirigierte die Stille, wenn nicht die Monotonie des tickenden leisen Geräusches, das das Pendel machte, durch Gongschläge zur halben und vollen Stunde mit Getöse durchbrochen wurde. Sascha hatte sich mehrmals dahinter versteckt, wenn Hugos Schweigen eine unvorhergesehene Angst ankündigte und die Allgemeine Zeitung und die Times mit einem Knall auf einer Kommode landeten. Die Tür zum Aufgang in den ersten Stock war nur angelehnt, und an der Deckenwand sammelten sich Spinnweben. Von Severin und Sascha war kein Laut zu hören, sie mussten sich in den oberen Stockwerken aufhalten. Im Vorbeigehen rieselte Putz von den Wänden und fiel in kleinen Klümpchen auf den gekachelten Boden. Die kleine schwarze Spinne hatte ein feines Netz in dem schmalen Winkel zwischen Mauerwand und Plakatrand gesponnen und krabbelte über den Schwanz der Kröte bis zu den Hufen und wieder zurück. Sie spann sich in ihr Netz ein, in dem ein Krümel, aber keine der Fliegen hing, nach denen Sascha früher hüpfte und hüpfte, wenn sie sich unbeobachtet glaubte. Das Mädchen mit dem feinen Linnenkleid, das häufig lautlos in den Räumen umherschlich, die Arme nach oben gestreckt und die nackten Beine anhebend wie ein Storch, blickte auf die Gobelins mit den eingewebten Kranichen vor der großen tickenden Uhr, dachte an den mütterlichen Reim am Abend vor dem Zu- Bett-Gehen und summte sich in den Rhythmus der vertraut tönenden Mutterworte, die die Zeit und die Uhren anhielten mit einer beruhigenden Weise des Liedes, des gesprochenen Liedes am Abend, bevor das Haar und das Gesicht noch einmal gestreichelt wurden und die Mutter einen sanften Kuss auf eine ihrer Wangen drückte und leicht über die Decke strich.

Daran blieb die Erinnerung hängen, wenn sie aus der Tür gegangen war und das Licht gelöscht hatte, und die Worte blieben auch und drehten sich mit dem Körper auf die Seite und mit dem Arm um die Schulter und mit den angezogenen Knien in das Betttuch hinein: Große Uhren machten tick tack, kleine Uhren machten ticke tacke, und die kleinen Taschenuhren machten ticketacketicketacketick. Und sie lief in diesem Takt, lief langsam mit ihnen über den Boden, bis ihre Füße trippelten. Wie sie trippelten war ein Geheimnis aus einer anderen Welt, die ebenso nackt war wie die Beine, die Schwung bekamen. Sie ließen in einem leichten Flug die Treppen hinter sich und verwandelten sich in fünfunddreißig Molche in einem Tümpel, bis sie weiter unten zur Tür kam, hinter der die Sauna lag und die Neugierde und die Nacktheit. Die Tür war nicht abgeschlossen, und der Raum dahinter war weder feucht noch warm. Sie fand den Schalter nicht gleich, dann tauchte sie im gelben Licht unter. Die Sauna wurde selten benutzt, sie war das luxuriöse Interieur einer oberflächlichen Ergiebigkeit wie der Garten mit dem Teich und der Palme, die im Sommer am Terrassenplatz stand und im Winter von einem der Kellerräume geschützt wurde, und die dreiundzwanzig Paare gestrickter, pelziger und lederner Handschuhe, die Mutter besaß. Den Keller dieses Hauses zu verlassen, war nicht so schwer wie die Erinnerung an ein Ereignis, das außerhalb der Zeit lag.

Die Realität, die das Gehen durch das Haus auf der Suche nach Sascha schuf, erschuf sie nach und nach neu, Schritt für Schritt, und in diesem begehbaren Wissen brachte die Bewegung eine Realität hervor, die sich immer weiter von den Ereignissen in der Sauna entfernte, je näher der Mann kam, der nach einem wütenden Blick auf den Garten über das Treppchen des Hintereingangs mit schnellen Schritten zum gusseisernen ovalen Tor lief, und, die Hände in den Hosentaschen vergraben, mit der Spitze seiner silbernen

Herrenschuhe eine rechts davon leicht versteckt liegende und von Efeu umrankte Tür aufstieß. Er lief auf die Zeit zu, in der Sascha sich eingenistet hatte, in der die Tür mit einem Schlag aufflog, in der sie ihr Kleidchen auszog und ihr helles blondes geflochtenes Haar nach hinten legte, in der sie sich ihr Hemdchen auszog und in Strümpfen und Unterhose auf die Pritsche legte, um tief ein und aus zu atmen. Es war ein bebendes, beglückendes Erleben, nicht das Erwachsenenleben, das verbotene, das heimliche, das von der Neugier umgarnte und von Tabus befrachtete, dessen Notlagen das Zusammenleben der Eltern nicht verhindern konnte. Dass die Hausklingel ertönte, war von unten nicht zu hören, und der Augenblick umfasste die Ankunft des ehemaligen Nachbarjungen nicht, auch nicht Severins früheren Wartezustand am ehemaligen Gartenzaun. Er stand dort in der fremden Stadt und fühlte sich als Eindringling, eingesperrt in die Erinnerung. Sein Besuch war unkenntlich, er kannte seinen Zweck nicht, wusste nicht, was er wollte, war hier, um gleich wieder zu gehen und um lange stehen zu bleiben als Jugendfreund der abwesenden älteren Schwester. Die Stadt wurde ihm geöffnet, in diesem Augenblick aus weiter Ferne, die ihn in der Nähe ein altvertrautes, älter gewordenes Gesicht erblicken ließ, das ihn beschied, hineinkommen zu dürfen. Die Verlegenheit übergoss ihn mit einem Anflug von Scham über sein Dasein, während unten die Tür aufflog und eine bekannte Gestalt undeutlich verblasste zu einer Spur des Schmerzes, der in das Mädchen fuhr, während sich in der Sauna das Gewicht des Mannes schwer und schweißig auf einen Körper legte und seiner leisen Worte Weigerung mied. Die Zeitungen lagen als uneinheitliche Papierstücke verknickt und eingerollt in Severins Hand, er hatte sie auf dem Kiesweg aufgelesen, wohin sie der Wind schräg an der Hauswand vorbei getrieben hatte, ein kühler Wind von blaufarbener, rauchiger Klarheit. Die Handschuhe im Dutzend, in pastellenen Farben, die das Haus trug, verwirrten ihn, sie lagen merkwürdigerweise wiederkehrend als dreifaches Paar in der Hand dieser soeben dem Alter zuvorkommenden Frau, deren Händedruck schwächlich ausfiel und deren etwas unordentlich aufgestecktes Haar nach verhindertem oder aufgehobenem Schlaf roch. Sie ließ die Handschuhe fallen. In der unbeholfenen Liebenswürdigkeit, derer er sich zu bedienen meinte, indem er seinen Kopf senkte und sich bückte, um aufzuheben, was sie vielleicht nicht mehr zu halten vermochte in dieser Schwächlichkeit, mit der sie ihn ansah und mit der sie dem Leben wohl gegenüberstand, fiel sein Blick auf das Buch, das offen aufgeschlagen auf dem Sekretär im Flur lag. Er hob die Handschuhe auf und bat um einen Blick in das Buch, um die ersten ungebetenen, nicht endenden Gefühle von Sinnlosigkeit mit einem Ereignis aus der Zeit zu streichen. Zeit der Befangenheit und der Ahnung, die schwer im Raum lag, als er das Buch in der Hand hielt und die Freude im Gesicht der Frau sah, die ihn früher nicht unfreundlich über die beiderseitigen Gartenzäune und die Straße hinweg gegrüßt hatte, die Zeilen auswendig zu sagen wusste und über den Versen ihrer Versenkung die Handschuhe vergaß und den Schrei überhörte, überhörte, dass ein gellend hoher Schrei ertönte, den sie nicht wahrzunehmen schien wie damals das Glück im Gras. Sie rezitierte die Verse, die sie enden ließ mit einer ihm unbekannten, erhabenen Schmach, während er in der Hast und dem Unwillen des Gehörten mit einer abweisenden Bewegung das Buch zurücklegte und über einen in einen silbrigen Teppich eingewebten, blaufarbenen Eisvogel stolperte in die Richtung, aus der der Schrei gekommen war, und dabei eine alte Porzellanvase ihm unbekannter Wesensart zerbrach. Die Spinne und die Sauna und der Aufgang zum Parterre waren in diese Zeit eingeflochten, in der jeder Schritt auf diese Scherben fiel, und die höheren Stockwerke waren so geschnitten, dass man durch sie in die unteren hinabblickte. Darüber sah man das Atelier, in dem Sascha üben mochte. Sie übte noch immer, für das

Theaterstück, das einzige Theaterstück, das sie wirklich
überzeugte und dessen Namen sie lange nicht verriet. Es
sollte in diesem Haus aufgeführt werden, in dem der Zug
einen Halt fand, der Zug der Zeit im Anblick vierer Menschen
und eines Bidets, das Stück der einarmigen Frau.

Der Zug ruckelte, das Polster, auf dem ich saß, dampfte und
zischte, und während ich hochfuhr, sah ich in dem kleinen
Spiegel, der oberhalb des gegenüberliegenden Sessels
angebracht war, dass es in meinem Kopf brannte. Die beiden
Frauen beachteten mich nicht. Bevor ich explodieren würde,
musste ich aussteigen, das war klar. Aber die Tür des Abteils
ließ sich nicht mehr öffnen, und so lief ich zurück und
stemmte den Griff an der Fensterscheibe hoch. Ich sprang
aus dem Zug und kaum berührten meine Füße den Boden,
wurde alles anders, als es gewesen war, während ich noch
saß; ich sah die beiden Frauen, als wäre nie etwas
geschehen, als wäre mein Kopf leer und klug durch
Erfahrung, als gäbe es keine Strecke, die je hinter oder vor
mir gelegen hätte. Sie standen im Bad, in diesem hellen
Zimmer, das eingelassen war in Marmor. Fast gleich groß
standen sie dort, mit hellem und mit dunklem Haar, die eine
dürr, die andere fülliger, aber in der Taille schmal. Etwas
zwang mich dazu, sie anzusehen, mich zu entkleiden, da ich
nicht einfach hingehen konnte und sie ausziehen, wie ich es
wollte. Ich wollte beide, aber sie waren so nackt zu viel für
mich. Ihre Leiber brannten auf meinem Fleisch, meine Haut
schnürte mich in den zu mageren Brustkorb ein, der sich
verschämt hob und senkte und unter dem sich mein Glied
hervorwölbte. Ich wollte sie nicht stören, diese schönen
Frauen, ihre alltäglichen Körper, ihre durchschnittlichen
Glieder, ihr gekräuseltes Schamhaar, ihr ahnungsloses
Schweigen, das ihre Unwissenheit verriet über einen
Zustand, der nicht plakativ war. Sie waren konkret, so konkret
wie nie. Sie schwebten, und es war ein Tanz zu sehen,
obwohl sie sich nicht bewegten. Ich hörte die Musik dazu, die

Trommeln in meinem Ohr, das vergnügte, selbstlose Summen ihrer Stimmen, Laute aus einer anderen und dieser vielsprachigen Welt. Dann sah ich einen dunkeln Schatten am Fenster stehen, der die Beine von sich gestreckt hielt. Sein dunkler Schopf stach gegen das helle Sonnenlicht ab, und das Fenster hinter ihm ließ ihn kleiner und fülliger erscheinen, als ich ihn aus Mirjams Erzählungen in Erinnerung hatte. Er hieß Hagen, was ich bald vergaß, weil es mir nicht mehr über ihn sagte und nicht weniger als das, was ich schon wusste. Er sollte Gestalt bleiben wie er war, nicht etwas, das mir zu nahe trat und mich in der Bewegung auf diese Frauen störte. Und während ich meinen Schweiß roch, den ich mir als Angst ins Bewusstsein übersetzte, dass ich den Frauen zu nahe kommen könnte mit meinem Begehren, wollte ich seine Anwesenheit vermeiden. Er sollte mir nicht ähneln, sollte kein Gegenbild entwerfen können und auch nichts von sich hinzufügen, was die Frauen ablenkte. Er war da, unbeweglich, in einer Masse, die mich nicht abstieß, weil sie sinnlicher war als mein Gewicht je sein konnte, und mich anzog, weil er mir etwas kenntlich machte, das ich nur im Anblick seiner Gestalt an mir erlebte. Er liebt sie schon lange, mein Kollege, heimlich liebt er sie, das weiß ich, und vielleicht wird er es eines Tages schaffen, denn sie ist anders, als sie glaubt, realistischer, viel realistischer als sie sein möchte und als ihre Schwester es ist, die den Boden des Theaters braucht, um das Leben nicht unter den Füßen zu verlieren. Und er ist gut, nicht nur in seinem Beruf, den er gewissenhaft ausfüllt, weil er seine innovativen Ideen im Kopf nicht nur mit der Financial Times und der FAZ teilt, sondern auch, weil er nach Anfragen seiner und meiner Kollegen in einer Mittagspause etwas werden will, was mir nicht im Kopf herumgeht, aber einleuchtet: Ein guter Mensch. Darin besteht seine Karriere, und er ließ sie sich bestätigen mit Unglauben und Quittieren mit Hohn, und abgefunden haben sie ihn schon manches Mal mit einer Summe, die seine Selbständigkeit erleichterte, denn mein

Kollege bezieht einen Posten, der es ihm erlaubt, seine Projekte seinen Ideen anzupassen. Und Mirjam wird ihm nicht widerstehen können, denn sie liebt es, dass er aus der Unabhängigkeit einen Strick knüpft, an den er seine Freiheit hängt, die andere drohende Arbeitslosigkeit nennen. Er nennt sie die Chance des Nichts. Dafür hat er einmal monatelang in einem Käselager gearbeitet, um sich ökologische Hölzer für seine Bibliothek fertigen zu lassen. Das würde er auch wieder tun, ohne seine Selbständigkeit zu verlieren, die zu seinem Gemüt gehört, das nicht unendlich dehnbar und berechenbar ist, aber immun gegen ihren Innenaugendruck, den sie immer nach der Arbeit bekommt, und der erst nachlässt, wenn jemand die Treppen hinuntersteigen kann, um hinaufzukommen, so wie ich es jetzt getan habe und er es seit langem können muss, denn er kennt das Haus.

Der Zug setzte sich in Bewegung und fuhr auf uns zu. Er war führerlos. Er war leer. Menschenleer. Durch das Bad verliefen Schienenstücke, von zwei Männern verlegt, deren Bewegungen uns vertraut vorkamen: Ihr Bücken, und auch das metallene Geräusch, das sie verursachten, ohne dass wir es verstanden, ohne dass wir einsehen konnten, was für einen Sinn das Ganze hatte. Der Zug kam langsam näher auf den Gleisen, die die Männer legten. Er fuhr auf uns zu, und nackt, wie wir waren, sahen wir uns aufspringen, obwohl er über unsere Körper rollte. Er legte sich über uns, und in der Lücke, die zwischen unseren Körpern und seinen Wagengehäusen entstand, schlief er mit uns, indem er über uns hinweg fuhr. Er zeigte uns sein Gehäuse. Wir waren zwei Schwestern, Gewesene, die mit Unvernunft und einem kranken Arm in dem Bad aus Marmor einander die Waschlappen gereicht hatten, um sich die letzten Tropfen Urin von der verletzlichen Innenseite der Schenkel zu wischen und die Schamlippen zu betupfen und sich im Nabelanblick zu verlieren, den das Miteinander bot. Ich sah

Hagen schemenhaft dort stehen, wo er immer stand. Ich sah ihn auf uns zukommen, ich sah Severin Sascha streicheln, ich sah, wie er in die Knie ging in dem uralten Spiel. Ich sah, wie er ihre spitzen Knie auseinander schob. Ich hätte es nicht besser gekonnt. Ich glitt mit meinem Handballen über meine Brüste und mit der Fingerkuppe meines Daumens über meine Brustwarzen. Ich fühlte hinter mir den Schatten von Hagen, der sich vom Fenster der Zeit löste und sanft über Saschas kantiges Becken strich, noch bevor er sie erreicht hatte. Er stellte sich hinter sie und rieb seinen runden behaarten Bauch an der hohlen Stelle ihres Rückens. Ich sah seinen Po, den Po eines Mannes, dessen kompaktes Muskelgewebe seine Aggressivität nicht verbarg, seinen Körper, der anders als meiner und anders als sein Gesicht, von Gewicht beherrscht wurde. Er steckte mir seinen Finger zwischen die Beine, geschmeidig und schnell einen Reiz an den inneren Schamlippen entlang bis zum Schleimaustritt hervorrufend, der mich keuchen ließ, und er blies mir ins Ohr dabei. Es glättete und öffnete mich, was er tat, ohne mich anzusehen, und er reizte mit unbeweglicher Miene, als ich meinen Kopf wandte, um aus seinem Schatten hervorzutreten. Wie jedes Mal, wenn ich ihn beobachtete, lächelten seine Augen so, dass ich aufhören musste uns zu beobachten, wenn ich an das glauben wollte, was geschah. Wenn ich meinte, es sei wahr. Wenn ich wollte, dass es blieb. Er ließ sich nicht überführen. Er hatte nichts und wieder nichts und noch nie etwas gehabt von den Männern, die sich Macht verschaffen, um die Lust zu beherrschen. Nass war ich wehrlos in seinem Haus, und Sascha ließ sich hochheben von Severin. Er nahm ihren kranken Arm und legte ihn sich über die Schulter, hob ihren Po mit beiden Händen an, schlank mit leicht gewölbten Nägeln, Hände, die ich beim Zusehen bewunderte für ihre Kraft, und schob ihr gewölbtes Schamfleisch mit dem reifen wunden Rund hin und her über sein behaartes Bein. In seinem wehrlosen Gesicht lag Ferne und scheuchte Erinnerungen auf. Sascha wollte weinen, ihr

Blick verriet es, sie war in seinem Blick verfangen. Hagen entzündete meinen haltlosen Zustand mit seinen Händen auf meinen Brüsten. Severin hielt Sascha in diesem aus vier Menschen bestehenden Anblick beginnender Feuchte, die auf ihrem Gesicht und in ihrer Scheide sein Geschlecht trug. Sie bewegte leicht und mit schmerzlichem Zucken ihren Arm, während er ihr Becken umfasste und sie über den Rand des Waschbeckens hob. Er tauchte mit seinen Händen ins Becken, und Sascha öffnete ihre Augen, die sie geschlossen gehalten hatte, seit der Körperkontakt mit dem unbeirrbaren Zug in ihrem Leben entgleist war. Ihr Leben und der Tag und der Zug fuhren in den toten Punkt ein, dieses Flimmern auf dem mittleren dreier Wege.

Minuten später sammelten die Männer schweigend ihre Schienen ein. Die Frauen erwärmten sich für ihr Dasein. An einer Stelle inmitten des Bades zwischen dem Bidet und dem Waschbecken, wo der kalte Marmor ihre Körperteile berührt hatte, fuhr der Zug wieder an bis zu dem Treppenabsatz, von dem aus das Bad rückblickend noch zu erkennen war. Dann verschwand er über die Stiegen und Kurven, die das Haus durchkreuzten.

Kochana, ich habe meine Orientierung verloren, uwierz mi, verzeih mir. Bitte glaube mir und erinnere dich an den Tag, der nicht zu unseren besten gehörte. Wenn ich morgen wieder zur Arbeit gehe, dieses Haus verlasse, das wir verlassen müssen, um zur Arbeit zu kommen, kann ich nicht zu deinem Körper zurückkehren, den mir deine Schwester schenkte. Ich verstehe jetzt, dass es auf Körperteile im einzelnen nicht ankommt: Ob er in einen Speckteil kneifen kann oder sie an einen Knochen stößt. Aber ich kann nicht dauernd darauf zurück sehen, nicht in diesen Zug einsteigen, der einen wer weiß wohin führt, auf diese Körperebene. Es ist unerlässlich, dass ich mich während meiner Arbeit konzentriere. Das Haus, der Abend und du und nun, Herr Kollege, die Aktienkurse steigen und fallen, das weiß er so gut wie ich. Wir müssen Geld verdienen, Geld. Wenigstens das bisschen, damit es zum Leben, zum Wohnen und zum Essen reicht, Kochana. Kochana, verführ mich nicht, mach mich nicht glauben, dass ich das Ganze nur unternehme, um etwas anderes zu erleben. Um nichts zu erreichen, nichts außer dieser Nähe zu dir. Ob ich das will, das ist die eigentliche Frage der Macht. Kochana, deine Schwester hat mich eingeweiht in das Fach, das an keiner Universität gelehrt werden kann. Sie behauptet, es wären die Treppen gewesen und der Zug, mit dem ich fuhr. Sie behauptet, wir könnten nichts dagegen tun. Sie behauptet außerdem, es wäre leichter mit Geld, aber auch sonst nicht unmöglich. Es sei eine Frage der Musik, verstehst du, des Rennens, des Körpers, der Sinne, dieses ältesten Spiels auf der Welt, des Leids, das zum Lied wird. Wir komponieren unser Leben, während wir dirigiert werden. Dieses Werden in uns. Das ist es, was sie meint und nicht meint, denn sie will keine Nutzlosigkeit. Ohne den Sex war ich genauso glücklich, aber nun, Kochana, es ist nicht vergeblich und es stimmt nicht, denn jetzt fehlt mir etwas. Es lässt sich erreichen, indem es sich nicht immer erreichen lässt. Aber wie soll ich das mit meiner Arbeit vereinbaren. Dass ich jetzt, jetzt, zu dir will. Herr Kollege, wie macht er das, ich weiß, er will sie, er will die, die ich seit jeher kannte, auswendig sozusagen. Kochana, deine Schwester denkt immer nur an das eine, tak, so platt ist das. Sie verschweigt es nicht, sie wird es nie verschweigen, weil sie ihre Beine immer schon öffnet, verstehst du, da ist das Leben, sagt sie, unsere Musik. Sie bringt mich zur Verzweiflung damit, denn sie sagt mir, mit eurem Vater und eurer Mutter habe es nichts, rein gar nichts zu tun, aber mit den Religionen. Verstehst du, Kochana, sie glaubt an den Glauben. An die Vermählung zweier Körper in dem einen Augenblick. Und ich hatte meine Eltern vergessen wollen. Sie lacht über den Frevel, sie schüttelt den Kopf, sie sagt, du flüchtest mit ihr nach Frankreich, in die Krankheit des Armes, Kochana, ich liebe dich, ohne es jemals zu sagen. Vater und Mutter, sagt sie, es lässt sich nicht denken ohne sie. Es ist nur ein Zwischengedanke, ich gebe es zu. Das ganze Theater, der ganze Zauber, die Arbeit, das Geld, der Lauf der Dinge, die Macht; sie sagt: Zieh mich aus. Sie findet, dass der Tod und die Langeweile immer schon auf uns warten. Sie findet andauernd uralte Gedanken auf unserem Weg. Sie findet, den Weg zu mir gäbe es gar nicht. Kochana, ich kann nicht mehr, ich muss mich jetzt konzentrieren. Ich schleiche aus deinem Haus, und eine meiner Kolleginnen wird mir morgen mit einem Lächeln den Hörer reichen. Sie wird ihn mir reichen, und dann werde ich ihn ausziehen den Hörer, nein, den Stecker aus der Dose, weil ich sonst über sie herfallen würde, wenn sie in unser Büro kommt, das nicht nach Sinn und Sinnlichkeit ausschaut, eher nach langweiliger Arbeit, nach Technik, gut sortierten Herrenhemden und den jungen frisch geschiedenen Kolleginnen, die sich zwischen Kinderwünschen und Karriere zu entscheiden haben. Nein, ich werde mich ausziehen und den Hörer in die Ecke werfen, nachdem ich hinein geschrien habe, dass sie jetzt endlich kommen soll, um mich abzuholen, weil mir jeglicher Sinn für die neueste Stellenmarktauskunft der Frankfurter Konkurrenz fehlt, *Unternehmenswandel braucht „Beweger" mit vielen Kompetenzen.* Denn einmal abgesehen davon, dass ihre Schwester sie mir dauernd empfiehlt, obwohl sie auch nach Hamburg schielt, lege ich sie einfach auf den Tisch, ihre linke Konkurrenz, und schiebe ihr den Rock hoch, den sie selbstverständlich trägt, und ich bin nackt, als wäre nichts dabei, und, Kochana, ich bin verrückt genug, den *Geschehensvorlauf* nicht *sorgfältig* zu *prüfen,* denn ich bin weder strahlend noch jung noch gutaussehend auf Top-Niveau. Das hat mir die Natur alles erspart, und das gesellschaftliche Verhältnis dazu ist weder schmerzlich noch herzlich. Ich bin einfach nur ein Mann, dessen Knochengerüst zu ihrem passt und der in diesem Büro nicht darauf verzichten kann, dumm dazustehen und einen Schreck zu verbergen, der wild eregierend die letzten E-Mails verschickt, weil sie nicht wie ihre Schwester erst nach einem langen unsinnlichen Gespräch über die fehlenden Voraussetzungen des moralischen Selbstverständnisses in unserer Gesellschaft mit den Augen signalisiert, dass sie dich auszieht in Gedanken. Sie spricht sie nicht aus, sondern behält sie unter dieser leider nicht durchsichtigen Bluse für sich, während ihr Mund zwischen den Beinen geschmeidiger wird, meine Liebe, das sehe ich an deinen lose aufgeworfenen Lippen, während wir riechen, dass mein Glied hart wird. Sie trägt keine Unterhose, ihre Schwester, sie läuft ohne Unterhose in diesen Jeans herum, und sie bewegt sich beim Gehen so, dass das aufreizende Scheuern ihres Kitzlers an der Hosennaht mir weh tut, denn sie schiebt ihren Po hin und her im Zug - vor allem im Zug, vor all den Leuten, lautlos und allein - bis das Reiben anschwillt und in ein Kreisen übergeht. Wenn der Schaffner kommt, hält sie einen Augenblick still, um die Fahrkarte heraus zu kramen, und die Miene, die sie dabei macht, wird ihm eine Ahnung davon geben, welches Unglück es bedeutet, nur Schaffner statt diese Hosennaht zu sein. Deshalb ziehe ich ihr einen Rock an, denn ich bin eifersüchtig, dass er als Schaffner eine Gelegenheit verpasst, die ich hier, wenn ich ihr jetzt zart mit einem Finger entgegenkomme und sie nicht ohne ihre Einwilligung unter ihrem Rock streichle, nur wahrnehmen kann, weil sie stets Jeans trägt und nicht ins Büro kommt und er im Hintergrund stand an diesem Fenster des Hauses, in das mich ihre Schwester nicht ohne meine Einwilligung lockte. Und die Kollegin wird mir zulächeln am hellichten Tag, an dem das, was man gut nennt, nicht mehr zu den Dingen zählen wird, über die wir in unserer Nachrichtenagentur und schon gar nicht im Archiv berichten können. Sie wird mir den Hörer reichen, die Kollegin, den Hörer mit der losen, herausgerissenen Schnur, mit einem Lächeln wird sie nach

166

meiner Fahrt fragen und von meiner Arbeit sagen, sie sei mit Hagen verbunden.

Sanft wischte ich mit einer Hand über das Netz und sah zu, wie die schwarze Spinne unverletzt über die weiß verputzte Wand lief, um in einem der unzähligen Kellerwinkel zu verschwinden. Es war sehr einfach, das zu tun, viel einfacher, als ich es mir vorgestellt hatte. Der Vorgang wirkte abgenutzt, als hätte ich ihn schon viele Male durchgeführt. Ich roch den Abschied in den Räumen. Es roch nach nichts. Sascha würde nicht zurückkommen. Vielleicht hatte sie den Hausgeruch eingefangen, in einen Rucksack gesteckt, auf den Rücken geschnallt oder in einen Koffer gepackt und mitgenommen. Vielleicht war sie noch dabei zu packen, die Treppen hinauf und hinunter zu steigen oder sich umzuziehen. Das Plakat hatte sie in kleine Schnipsel zerrissen. Das bizarre Tier mit dem Körper einer Kröte war nicht mehr zu sehen und nicht mehr zum Sprechen zu bringen. Anscheinend wollte sie das Rätsel vernichten. Doch hatte sie sich noch etwas anderes überlegt: Sie hatte all die Schnipsel in einen kleinen Beutel gesteckt und ihn mit einer Schleife aus ihrem Haar an ihrer Hose befestigt. Sie hatte mir einen Gruß auf einen Zettel geschrieben, den ich auf der Türleiste zwischen dem Badezimmer und dem Raum fand, in dem sie während ihres Aufenthalts in dem Haus vorwiegend gelebt hatte. Es stand nichts darauf, aber ich wusste schon vor dem Lesen, dass er von ihr war. Sie hatte einen Schnipsel darauf geklebt. Er war nicht mehr ganz weiß und seine Fläche war leicht angeraut. An einer Ecke hatte er einen Knick und, im Ganzen betrachtet, sah er aus, als hätte sie ihn länger herumgetragen, ohne Verwendung für ihn gefunden zu haben. Das war typisch für sie. Sie benutzte schon seit unserer Kindheit Symbolleisten. Sie hat sie später auf den Bildschirmen wiedergefunden und im Theater an den vielen Requisiten genau beobachtet und abgeschätzt, ob und für welchen Zweck sie tauglich waren, zum Beispiel für dieses

Paket, Severin, das du auch auf deiner Schulter wirst tragen müssen. Sie hat vor jeder Klassenarbeit, die sie schrieb, die altrosafarbenen Fenstervorhänge zur Seite geschoben, so dass Mutter mit ihrem ewigen Buch in der Hand nicht erkannte, dass sie die Schals dahinter auf der Höhe der Fußbodenleisten verknotet hatte. Es fällt mir jetzt ein, Severin, vielleicht weil ich es dir mitgeben möchte, bevor du dich umwendest und siehst, wie sie zu dir geht. Du fürchtest dich davor, aber du wartest darauf. Wir waren nur das Vorspiel zu dem, was jetzt kommt. Du hast selbst gesagt, es käme auf uns zu und nähme uns nichts ab, wenn wir lebten. Es ist nicht leicht, wenn man nicht an die Liebe glaubt, Severin, und sie glaubt nicht daran. Nicht nur und allein an sie. Du hattest auch immer deine Zweifel. Im Übrigen wird sie dir wieder davonlaufen, oft, sehr oft sogar, oder sie wird dir an den Haaren ziehen und ihre Tasche nehmen und damit drohen, den Fön der Welt ins Wasser zu werfen bis kurz vor eurem Herztod. Das Einzige, was ich von ihr ganz genau weiß, ist, dass sie das zärtliche Spiel mit den lockenden Fingern unter den offenen und geschlossenen Augen liebt, die Gemeinsamkeit vierer Hände, die über die Einsamkeit hinweg zu gebrauchen ist. Damit kannst du sie zurückgewinnen, wenn sie sich bückt und abwendet, wenn sie eine ihrer unzähligen Gelegenheitsarbeiten aufnimmt und sich mit fremden Leuten in einer dir unverständlichen kurzweiligen Sprache aufs Beste verständigt, wenn sie mit diesen nichts versprechenden Augen den auskunftslosen Trott durch Hingebung im Schlendergang zu verscheuchen versucht. Mit keinem anderen Trick ist sie zu haben, Severin, nur mit diesem. Sie würde niemals kommen und einfach ihren Rock hochschieben wie ich, vergiss solche Phantasien. Mit einem Schlüssel, wenn es ihn wirklich gibt, kann man nicht spielen, man kann ihn auch nicht verwenden, er passt mal hier mal dort, aber nirgends richtig. Du musst ihn erst fortwerfen, um sie zu finden. Du gehst durch eine Tür dieses Hauses, nachdem du sie aufgeschlossen hast, dann folgt eine zweite, eine dritte, und die Treppen dazwischen zeigen, dass der Schlüssel nun nutzlos geworden ist und dass in dem Hohlraum und nicht erst hinter ihm alles liegt, alles, was dieses Haus zur Verfügung stellt. Alles, worüber wir verfügen könnten. Über alles können wir nachdenken, nur nicht über den Schlüssel. Hagen wird es dir morgen erzählen, während er mit dem Daumen über seinen Schlips streichen wird, als ginge es dabei um eine Nebensächlichkeit. Ich habe die Tür der Türen abgeschlossen, nachdem Sascha gegangen war. Sie wird dir nicht dankbar sein, für gar nichts und auch keine Dankbarkeit verlangen. Sie wird ihren steifen Arm und den scharfen Gang ihrer Schritte auseinander dividieren, und in den unausweichlichen Pausen eurer Gespräche wird sie sich auf die Zehenspitzen stellen, wie sie es immer getan hat, und dich vergessen machen, dass es die Zeit gibt. Sie hat diese Gabe. Sie ist nicht ermüdend. Hagen wird dir auch dies erzählen, während er seinen Schlips auszieht und euren Arbeitstag für beendet erklärt. Er wird dir von der Leiter erzählen, die ihn nach altem Brauch bis zum Fenster führte, er wird dir erzählen, dass das eigentlich nicht zu ihm passt. Er wird sagen, dass er für solche Filme nichts übrig hat, dass er zu alt dafür ist und dass er nicht verstanden habe, warum das Fenster offen stand, als er von unten die Straße hochkommend am Haus hoch gesehen habe. Warum er die vor dem Hintereingang des an das Haus angrenzenden Hofes liegende Leiter genommen habe, statt den Hauseingang. Warum er nicht wollte, Severin, dass sein Klingeln mit deinem zusammenfiel. Er wird Cordula beiläufig erwähnen, die ihn nach der Seminarstunde angerufen hatte. Du wirst dich zu diesem Zeitpunkt nicht mehr fragen, wozu, warum gerade sie Zufall spielte und was der Gegenstand des Gesprächs gewesen sei. Du wirst dich umdrehen, Severin, und mich ansehen wie zu Anfang des Films, wohl wissend, dass es diesen Schutz gibt, mit dem die Menschen sich und andere ausstatten. Und das ist es letztlich, was man Entscheidungen nennt. Dies ist das letzte Mal, dass ich die

Tür hinter meiner Schwester und mir zuziehe. Die Einbildung fügt sich in meiner Erinnerung zu den anderen, den unausweichlichen Abdrücken des Hauses.

Epilog

Die tun Dir leid, die andauernd etwas werden müssen, Mirjam, sagte Hagen. Du machst sehr viele Schnitte. Der Abspann lief. Ja, gab ich zu. Daran verdient mein Film. Ich sah an ihm vorbei. Im Vorführraum wurde es hell. Die Plätze in den ersten Reihen waren leer. Severin und Sascha waren vor Ablauf der letzten Szene gegangen.

Neben uns saßen noch Leute vom Team. Sie schwiegen wie wir.

Hagen stand zögernd auf. Ich erhob mich ebenfalls. Du wirst damit kaum Geld verdienen, sagte er. Seine Stimme klang sanft. Ich nahm seine Hand. Ich würde von nun an allein sein. Ich würde mit anderen ein Fest feiern. Ich würde wieder zurück an den Anfang gehen. An einen Ort, den es nicht gab.

III: Der gefräste Stimmlaut

Ein Gedichtszyklus (2000-2003)

Für Lydia Charizewa

I

Durch den Zenit schoss uns das Signal entgegen
und schritt mit uns fort in der Weise,
in der ein Fluss die Erde wärmt.
Diese Güte kommt nicht von Gott.
Sie schritt durch die gespenstische Hölle,
ging alle Tage durch uns hindurch,
ohne zu begreifen, was sie sah.

Stunde um Stunde träumt dieses Menschenalter
von seiner Ermüdung in der Hälfte der Zeit
sprühende Funken
verglühen in der Kuppel einer masdschid
das vertraute Antlitz da Gamas
verkauft Mandeln
in den Pausen unserer Lachsalven

Die brennenden Öfen Flieger todgeweihter Aufklärung
erlöschen jenseits des Begriffenen
leuchtende Feuer über einer Mischung Gefangener
aufgebahrte abzählbare Schrecken
nach Gebräuchen und Gebärden
gabeln sich ihre Wege,
und wechselnde Fährten verkommen

Das Federspiel schlägt in den Wind
schon lange Zeit gezähmt
trägt es weinende Scheide
in das verdorrte Ackerland des Überall
verstreute Schwertmaden erheben
sandiges Land gen Osten
gesättigt von Stadt aus Fremdgebein

Treues Gelübde schwören wir weit hinaus
über den Jordan
für alle Zeit entzweite
eines Seins
Getraute vor unserem Glauben
sennen mir eins
singen mit der Schwalbe im Feuer

III

katzenhaft dein buckel
kratzt rillen
in meinen leib
immer das gleiche leid
spiel es, leg es auf
mich nimm

und

in meinen rachen leg haare
geschmeidigen filz
die traurigen reste
äsen
mein herz

IV

für auschwitz kein trost
such ein glas schenkstaatein
jede ausrede ist mir recht
trink nur diese
analytik der wahrheit
aus

V

sie trug einen namen
die trauer trug lydia
zur auskunft
sie trug klippen ins licht
in die hitze des schweigens
trug sie das
tote bett

VI

Sie schlugen ihr in der sumpfigen Weide
den Kopf ab, schauten ihr in die Karten
ihr, der Figur, die den Hammer
die Sichel, das Getreide einfährt;
auf dem Papier, nur auf dem Papier,
spielte sie mit und ließ
unseren Sinn erweichen - zum Andenken
einem einzigen Mahl
lieh sie das Leichenbitter

VII   Letzte Karawane

wir aßen
und
sie hungerte   (nach der gemeinsamen Flucht)
und
über ihren Tod   (der sie gegen unseren Willen mitnahm)
stiegen wir   (aus der Diktatur)

ins Sein

tags
ertrugen wir
dies

Letzteinzige
dieses Mal
dies eine
schwarze Kostüm   (im Gedenken ihrer mutmaßlichen
                                Ermordung ab Jänner 1945)

                    (und nachts auf der Suche
                    träumen wir von der Mündung der
                    Gewehre im Angesicht, vom
                    Wagen, aus dem sie gezerrt wurde,
                    wer wie viele wo:
                    später - die Namen ihrer Mörder
                    auf deutschen Befehl)

VIII

Im Augenschnee und in ihrer Ohrmuschel fand ich Worte der Belanglosigkeit,

faltete Augen, schmeckte Schnee, bedeckte Ohren, zerbrach Muscheln,

war Bestand aus Teil von Schneeaugen, Muschelohren, dem Wort

Geschröpften, des im Augenschnee der Ohrmuschel Gesprochenen.

IX

Haut verbrannte stark Geripptes
mit der Klinge Vorsicht an der Brust
wir sahen Warschau nackt und verfielen
im Erdreich der erstarrten Glut

Tropen verhangene Reden
schwelten unserer Mönche Atem
von ihrem Mund und der Schonung betäubt
nahmen sie fremdes Maß und verhängten Strafen

Nun verflüchtigte sich der Himmel ostwärts
nach Süden hin unterm Haupte des Schnitters verpflanzt
grub seine Wolkendecke einen Gang durch die Zeit

Dies Gemälde schuf sanft entleibte Gedanken
dunkel beschattete Tage im erfrorenen Einerlei
zogen uns in den Schutz ihres Übels

X

Abschied ist
ein Kind von mir:
geboren zu nichts.

Geschmeidiger Gang. Gefärbtes Haar.
Welt verschlossener Muskel.
Innerste Kammer des Flimmerns, mein Schoß.

Vom Leben aus etwas:
                    Trübsinn verflacht in der hohlen Hand.
Stunde klaubt Sinn.
        Dein Tod steht mir.

Das Entzückende zwischen uns
deckt die unsichtbare Auskunft: entstellte Liebe.

                    Bestäubt Lilie im Seegras über Schlamm.

XII

Wenn nur
dieser Schmerz
nie die Betäubung verlöre
aus der die Welt sprang
in sich vernahm
- die blaue Kugel rollt -

So wären
Fuß und Hirn
 - im All des Glücks verleibt -
genesen vom wahren
Ohr feigenden Totrund
fremd & gut

XIII

Depuis longtemps, Philippe,
j'ai vu: la même chose est aujourd`hui ou toujours.
Pleure donc, mon ami. Tu as pris les fleurs:la rue sens unique.

Myriaden - Tonleitern
springen ins Gehör, verhaftet vom Wind
Kinder des fort lebend geregelten Lichtlauts
ins Spiel gebracht von Gettojanern
als jüngste Innenwelt aus Schachtel Papier,
dem musikalischen Stilmaul

gehalten im modus interruptus

Fugen einzig allein artig
setzen kontrapunktische Verfügung
dürftig und abgemagert an den Stadtrand
von Applaus zu Applaus
ernähren sie unser Gesäß Luftfrische, flöten noch Heine zu:

in Schlittschuh laufender Rhythmik

XV

die gewöhnung, der alles umfassende schichtdienst
schleicht durch die linse, getrübt
vom lauf über den hasenpfad: am bein, am arm,
am ganzen körper
wucherte das gespenst;

über das meer nach europa kam es
geschwommen gefahren geflogen dort an
sah haff im osten
legte sich um
hinfort
ist es um den hals herum kalt
und
aus meinem kopf läuft
entfernt verwandt Gold und Gott und Schalk

XVI

Philippe est dans le monde entier.
Les tournages du siècle sont comme lui:
Ils sont les suppléments du néant.
Et moi, bon coeur pour la demi-saison.

XVII

Der Wolf, der die Einsamkeit anheult
mit dem Gejaule des Wucherers
ruft Versäumtes zurück:
die Lupe unter den Blättern,
Angaben über Vergasungen,
unser idiosynkratisches Gesicht,
- ohne den Aschberg aus den Träumen zu entfernen -
zieht er nachts die blinde Brille auf
geschlagen im Traume vom pelzigen Schlaf.

XVIII

Die Tage im Jahr sind nicht erfunden,
am Stück, von der Stange abgezählt
hast du sie
   abgenommen
vereinzelt über die See gebracht
und bekleidet:
mit dem Kind an der Hand
   du
ein Mann des Vertrags
unterwegs an den Ort   wo die Toten sind
   und jene Frau bei dir,
             die uns ansieht und grüßen lässt,
Gesine, Gefährtin im Glas
   dir zu Füßen: ohne seine Gewähr

XIX

Der du das Netz auswarfst,
zwischen den Fronten schwindender Häute,
Hut und Mann   und kein
von den Elfen Verworfener
        führtest du ihr: das Nichts des ufernahen Lichtes
dankbar zur Seine vor
 zeigtest
        deinen Gang
im Rückwärts zahlreich gerichteter Schritte
  aus deinem Fluss - Wehlaut
Gesang
      stach
 mein Fisch ins Papier

XX

der Architekt und der Bänkelsänger
verfluchten auf der Bühne
stapelweise unsere Luftpost:
in den Hinterhöfen
lamentierten sie über das Streuobst
schälten die Rinde verdorrter Früchte
und mahlten den Sand

ihre Gebete kamen zurück
adressiert an den Schmetterling
unserer schmalspurigen Lippenhalden:
wer eröffnete den Salon für geladene Gäste
- das internationale Personal -
und besprach im Namen ihres Theaters
die Geliebte des *Zigeuners*?

XXI

den unbekannten soldaten, philippe,
schenkte ich narben und desdemonas anblick
ihre haut ihr haar und ihr mund
schauten zurück und ich nahm sie,
nahm sie alle gefangen, zeugte den,
der sich zuerst verbarg
- wir vergaßen den krieg -
die zeit
einer niederlage und diese worte:
yo quiero todo, yo quiero nada...

XXII

hinter gottes vorhang verlor
    sie ihren unterrock
den letzten rest myrthe und die weißrosafarbenen schuh.

nackt ging sie stadteinwärts und belauerte
    die nächstbeste der fettesten pfauenartigen einsichten:

eine offene pforte auf den halden der unsrigkeit.

sie besah sich die stadt unter den wachtürmen
    und stieß dem heimweg in die nüstern.

sieh die frau

verschwand im schatten unserer heirat im gestrigen
dem immer schon fortlaufenden
                    wunsch des wurmstichigen engels
        namens allerlei weihrauch

XXIII

Der Teufel erzählte einen Witz von der Tugend
und hinterlistig, wie er war, vom Gebrauch des Gemüses.
Er nahm dem Gefühl einen Flügel ab. Seinem Rumpf nahm er
die Gebeine.
Den Kopf steckte er in die Suppe.
Auf dem Markt rabbinischer Sehnsüchte verpuppte sich seine
Geschichtshaut.
Er verkaufte Generation um Generation.
Seine Gehilfen froren das entwässerte Fleisch ein. Sie
entstäubten den Blütenkelch. Schließlich weihten sie den
Schlaf der Gebenedeiten.
So ließ er den Zeithahn krähen; diesseits gefangen zur
Schlachtung, jenseits zur Geburt freigegeben: von allen
verlassen.

XXIV

In der langen Weile,
die folgte,
verschenkte der Tischler
im Ort
seinen letzten Stuhl.

Er sägte die Beine schief,
ließ den Magier kommen und machte sich auf die Reise.

Wir nahmen den krummen Platz ein.

Die Wände seines Hauses waren mit Perlenschnüren
geschmückt.

Vor unseren Augen begann die Arbeit des Magiers.

Der geflickte Vorhang schrie
ins Karussell der Stunden.

Der Schausteller erbot weitere Stühle.

Zur Vorführung seiner Kunst
schoss er dem unbekannten Leichnam
ins Genick.

XXV

Der ewigen Liebe erscheint des Streichlers
narbiger Körper
als Kind. An meiner Hand
beruft sich die abgeblätterte Einfalt des Alters
auf das vergebliche Heimspiel.
Weib sein, Hingabe -
handgleiches Feuer deines Asyls.

XXVI

Die Seiten des Papiers, sie klopfen
den Takt und mu
                und
sie
                     zieren die Trauer,
                        gefangen im Rachen,
beherrscht vom Rumpf, Form des Vorhofs
im krausen Schatten, unter dem die Wölbung wässert;
      Eindringlinge sind sie: erbeten und abzuschirmen,
         frohlockend, wie dieses Spiel der Natur, das
ewig auf die Welt zukam,
                         du hörst
kein Ende, nur
      das Lachen heller Mienen
            wider die Stimmen der Betäubten

XXVII

Das menstruale Blut gefror.
Es war nicht: Schnee, Eis. Nicht diese Kälte.

XXVIII

Der gefräste Stimmlaut schnalzt mit der Zunge. In diesem.
In diesem Jahr. In diesem Jahrhundert.
Die Tage werden nicht alt.
Nüchtern ziehen die Krähen ihre Kreise.

XXIX

auf der Uferpromenade siehst du noch einmal den Regenball
in die Trümmerdüne fliegen

von der alten Frau gejagt und ins Erdreich zurückgestoßen

kommt er um eine viertel Sekunde zu spät

prallt täglich zurück

und springt
über dem Zeitlauf

auf und ab

lange
so lange

bis die Luft
sein Rund nässt und in unser Gesicht schlägt

XXX

Und der Vogel der Nacht schwirrt
Unbequem vor das Auge dir.

Und der Morgen um diese Stunde verrinnt in den feinen
Fäden der Sonnenfinsternis,
die uns das Land über die Null warf.

Und der gebrochene Gott wendet uns sein unzähliges Antlitz
zu unter den Toren der heiligen Stadt.

Und der Schrei der Ertrunkenen prallt auf das achtsame
Gelände des Minensuchers an der verschobenen Grenze.

Und die Bräute des Mittags verkaufen Samen,
die unaufhörlich fließende Milch
und den Teig zur Bestattung der Gläubigen.

Und in der aufgeputzten Baracke schnitzt der Meister des
Handels die Figuren des Verlusts in die Weltordnung.

Und der in die Buchrücken an Buchrücken stehenden Reihe
verliebte Bibliothekar faltet seine Hände zu Papier.

Und das einfallende Wissen des geöffneten Abends hebt den
Regenbogen zurück auf die Himmelsleiter.

Und die Schwärze der Luft ist ein Vogel der Nacht,
 dem die Existenz der goldenen Stadt vor Augen schwirrt.

XXXI

Sieben waren es, für die
DAS
zu erklimmen sich nicht
gelohnt hätte.
Spät waren sie hinabgestiegen,
um ihre Religion zu preisen,
begleitet von DER GROSSEN FRAU im weißen Gewand.
Hinter Mauern, die die Zukunft verhießen,
stießen sie auf die Frage,
ob unser Blut unrein sei oder nur
ihre Aussicht bestimmt
von der
Flucht aus dem Thronwagen?

XXXII

Beseelte Luft: Eingetaucht im Nirgends, im Nirgendwo,
im ewigen Leben des Zaubers
zu Stimme Hauch Gefühl geborsten:
In diesem Lichtschein
sprühen Funken über das Mäntelchen und
der November ist grau.

XXXIII

Wenige gingen in die Freiheit,
die der Abschied bot,
befangen mit dem Gepäck des letzten Jahrfünfts.
Angekommen dort,
wo keine der Aufgaben sich vor die Wolke schob oder
sichtbar für Seefahrer Segel trieb,
verstarben sie unter dem Motten-Licht.

XXXIV

1

Die gestundete Zeit kam zu Besuch.
Sie brachte eine alte Dame mit.
Diese trug einen Hut
und am Ringfinger einen Bären.
Wir riefen ihn an.

Er plauderte über die Gunst der Stunden,
über einstweilige Verfügungen und seine Pension.

Nach einer Pause von mehreren Urenkeln
schnitten Engel und Teufel die verbliebene Zeit auf.

Wir drehten den Kreis um, den wir im Lauf gegraben hatten.

Die alte Dame schmiss den Hut fort.
Den Bär strich sie vom Finger.

2

Vor unseren Augen ist es dunkel.
Nichts sieht uns mehr. Die alte Dame.
Das Klappern der Tür. Die Leere.

Wir wissen nicht, wie das hieß.
Wir wissen nicht, wer außer uns.

Wir werden uns nicht vermissen.

XXXV

Auf den Inseln der Welt trägt der Mensch das Weibchen
    ins All.
        Wo anders werden wir
            auch ohne Schwanz sein
  und kleinlich.
Die Sklavenhalter der Nation
sind entleibt.
Gemessen an ihrer Entfernung zu uns
    - sehr freundlich -
  sind wir   immerhin gut genug
in ihren Bildern aufgehoben
     und unsere Vergewaltigung
  hat nie stattgefunden.

XXXVI

In der Kemenate sitzt Gawan
vor dem Spiegel des Frauenleidens.

Er weint.

In den Händen hält er einen Kreuzzug,
der mit den europäischen Tafelliedern begann.

Seine Krieger zogen nach Andalusien.

Dort schrien wilde Horden nach dem Banner in der Faust.
Spähern entrissen sie den Ruf der Nachtigall.

Verblendet vom eigenen Tatendurst,
mit dem sie Jesus vom Kreuz hängten,
ging ihr Blut an der Grenze aus.

Sie knieten sich hin. In den fernen Kaminen
züngelten Teufel, Juden und Weiber.

Gawan wirft das blinde Blatt
ins Feuer der ungelöschten Tränen.

Verbrennt sein Kleid.

XXXVII

Die Tränen sind nicht gelöscht.
Die Tränen haben sich abweisend verhalten.
Die Tränen sind vorausgelaufen.

Drei Brote gegessen.

XXXVIII

Rasierklinge und Schaumschlägerei, du wirst ermahnt, wenn
du so weiter, mach nur so weiter: Macht! Der Trunkenbold
um die Ecke, der die Postkarten am Kiosk klaut, ist wieder da,
tatütata: Für einen Flirt hinter vorgehaltener Hand zahlt er
mir mehrfach den ahnungslosen Preis.
    Ich klaue ihm inzwischen den Machiavelli vom Brot.
    Das Dreifache ist sein Geschöpf, klein und zappelig
    und läuft um ein Kiosk herum, ein wenig dumm. Oh!
    Du mein Straßenkater.

XXXIX

(wassichverdienenließeamleidanderer)

1

Das Verzeihen ist eine Reparatur: Sie schrieb an die Werkstatt
saß da und fror in guter Hoffnung.

Zwei Tage später kam Post, ein Vermerk.
Außerordentlich unzumutbar für unsere Firma:
            Wir drucken naturgemäß

Maßstäbe, du Nichtsnutz.

Hölderline, Papierweib in Not. - Wenn es dich gäb -:
Doch kamen auch seine Gedichte hundertfünfzig Jahre
            zu spät.

Herrn Kafka ließen sie erst mal sein: ein armes Schwein.

2

Auf ihrem Dienstweg verlief sich die Literaturkritik.
Jedoch: Ein bis zwei Chefs sahen später hin und wieder
Papiere an.

Zwischendurch nach dem Gewinn. Das Geschäft läuft
so oder so: An der Börse notieren sie Woolfs
zwiespältige Psyche.

(Heutigen Frauen ist weiterhin kaum zu trauen.)

3

aufteufelkommraus/immernochsehnsucht/nachschrift&stelle
küss mal den abteilungsleiter/ schmeichle dem lektor
/öffne dem buchmarkt   deine beine

XL

Die Geliebte kam aus dem Süden, dem heißen und trockenen, der ihren Franzosen beherbergt. Mehr wurde es, am Meer war es, da sie zum ersten Mal sprachen.
Offen war ihnen eine Erinnerung, zugegen war ihnen *mulo*, er schwieg in dem heißen und trockenen, dem verschwiegenen Sand. Sie erschienen, die Deutschen erschienen, wie sie ihnen noch immer erschienen, in den Spuren des Sandes, als sie Philippe nach Auschwitz verschleppten, als er vor ihnen darin verschwand.

Die Geliebte erschien, sie löste sich aus der Gruppe der Gitanos, sie trat auf ihn zu, auf ihn, den Franzosen. Sie gab ihm ein Haar, ein einziges Haar im Süden des Landes, und legte ihr restliches Haar um die Welt. Sie nannten ihn nicht mehr Zigeuner, sie verließen den Strand. Seine Geliebte sah ihn, Philippe, und sie war er, haarlos gab sie ihm einen Namen, in dem die anderen, die vielen, auftauchten und verschwanden. Sie fuhren weit, sie fuhren vorbei an Saintes-Maries-de-la-Mer, sie fuhren durch das vergangene Gas.

Das Gras wuchs spärlich in diesem mittelalterlichen Süden aus modernem, hartem Asphalt. Es flog ein warmer Schwarm, deportierter Sand von Süden nach Osten, Schwarm, der geflogen kam, zur Vogelfreiheit verklärt. Es war ein Strand der Wahrheit in diesem Süden, der den Franzosen beherbergt. Die Geliebte war eine aus dem Kreis der Gitanos, und sie liebte einen Franzosen, der ihr die siebenstufige Tonleiter in den heißen, den trockenen Sand der Verbrannten und Verscharrten zu schreiben verstand.

XLI

Wir ziehen unseren Anblick
zurück vom Steuer.

Die Initialen unserer Liebe wurden soeben gesperrt.

XLII

Für den Preis dieses Gedichtes
verkaufen wir
Antikriegsware,
den Müll des letzten Jahrhunderts,
unliebsame Erinnerungen: Lydia,

                    den Abschied vom Sinn.

Wir nehmen einen Kredit auf
zu Gunsten der Überlebenden.
Mit unserem Nationalstolz
tilgen wir
ihre grenzenlose Verachtung: Lydia,

                    jede Zeile kostet Zinsen.

XLIII

Über das, was war und das, was hätte bleiben wollen,
Jetzt im Gestern, Vorgestern und Heute: sah ich, stritten
Dichter, Denker unter Rotlicht. Puff.

Blickdicht waren sie.

Im Steigbügel mit Goethe wurden ihre Schwänze schlaffer,
Ihre Zungen hingen Aus dem Maul, dem bleichen
Du Bist Nicht.

Zeitknöpfe betätigen Augengriffel:
Spitz nach vorn in die
Ton-Masse hinein, von Hand getrieben.
Erstochene Formeln der Zukunft
Läuten Abruf-Erinnerung ein: Auf
Das Gegebene.
Jäh kam es zurück,
Auf uns zu:
Als Narbennetz in der Gedächtnishaut.
Namen, Geburtstage und Tote sind
Darauf inwendig eingezeichnet.
An und für sich überdauert
Dies: Landkartenjahrhundert.

XLV

Streich sie heraus, Philippe, unter dem Bogen
des Arc de Triomphe
dem Bogen, der die rote Naht umspielt
mit seinem dreifachen Klang, dem Ungenügen,
dem Erleben, der Schönheit: Vergib die Vergeblichkeit,
wie sie uns vorschwebt.

Antlitz, einst hässlichstes Sein, jagte das andere.
Je von beiden ist's nun,
was sich in uns gleicht
und vergessen würde, wenn wir es zuließen.
Einmal zu sein.
Die Ware Schönheit ist vergriffen und zuvor gewandert;
Einbildung zu Einbildung
hinter dem Gatter,
dessen rechteckiges Areal unsere Mulde beherbergt.
Den Einakter
verfolgen wir unter Schatten:
Ein Akt, der uns schützt;
sie wird schwitzen dabei und er läuft aus.

Das Kochrezept liefert der Fernseher.

Nimm immerhin an,
dass die Rosen im Haus wieder blühen,
dass die Dornen die Knospen brechen,
bis sie sterben.
Verschenke Wiederholung an uns,
- Wiederholungen der Körper - ::
Knete ihre Brüste,
streichle mit deinen Hoden ihren Schritt;
wenn du sie küsst,
spritz auch ihre Innenwände nass
und zähme die Vögel:
Endlich
lass uns ihr hohes Lied singen.

XLVII

So! / verklag ich den tod / auf dem weg in dein leben /
besing / deine sterblichkeit im ewigen refrain / der angst
die außer auf geld / noch auf glück hofft / auf augenhöhe /
auf eine sichtblende / die uns auf rufweite / verstört: Wir

XLVIII

Kennen Die tiefer liegen
Blutige Sohlen
Von der Sonne
          günstig beschienen

Ward Sprache
Über Letztere vernommen
Ohne Klage und stumm

Grenzen klar scheint
Der Abgrund
Am Himmel verklärter
          Botmäßigkeit

Doch schweben die Geister
Zur Höhe
entlegener Güter

Vernehmen Die abgekommen
Vom klanglosen Pfade
Sich rührten

Die Geschichte hört auf, hört auf diesen Namen,
den sie trägt. Sie geht, geht nach Hause, kehrt zurück,
                                    sie läuft fort
und hinter ihr der fehlende Übermut, Heftpflaster unserer
                                    Atemlosigkeit.

Wir werden ihr nichts nachtragen.

Wir wissen, dass sie Lydia hieß, dass sie viele Namen trug,
dass die Geschichte des preußischen Ikarus in einem weißen,
einem roten und einem blauen Ton eingefärbt war, bevor sie
in ein kaum zu erkennendes Schwarz überging, und dass das
dreifache Kleid zerfetzt im Winde wehte. Morgen schon ließe
es sich umnähen.

(Da es nicht aufhört mit uns, solange wir leben.)

Schnabel der Erinnerung, Einschlag ins Fleisch, betäubend.
Das mittelalterliche Gefieder gezähmt, der Fuß beringt von
räuberischer Hand. Ein unendlicher Gedanke tritt näher.

Wenn er zu uns käme.

Das Kind von L. ist ungeboren.
Der Vogel aber, du, er fliegt. Er fliegt und stürzt und hinkt:
Und am Ende lieben wir
Seine gusseiserne Form.

L

Den schönsten aller Küsse.
Ich verteile den schönsten aller Küsse.
Den schönsten, der uns hungrig macht nach mehr,
nach dem Meer, dieser Metapher für alles,
was außerhalb des Erklärbaren liegt.

Die Grausamkeit des Geldes.
Ich verteile das Grausame allen Geldes.
Das Grausamste, das uns überflüssig macht,
im Kapitalfluss, dieser Metapher für alles,
was es außerhalb der Vergebung gibt.

Das Wahllose der Ichs.
Ich verteile Wahllosigkeiten.
Das gewählte Los, immer sprungbereit
für das Nichts,
die unsere gelähmte Ichseitigkeit leitet.

.

Ich verteile auch Unterhosen.

Aus jedem Jahrhundert eine.
Greifen Sie zu, solange der Vorrat reicht.
Das ist Ihre Quittung dafür,
dass Sie dieses Buch gekauft haben.
Eine Form.
Mehr ist es nicht.

LI

Die überschwängliche Müdigkeit
steht im Schatten ihrer Finanzierung. Auf- und abgetragen
durch das allegorische Gesetz des
Sonnenbads, im Ich und Du des Kreislaufs verweilend:
Ein erfolgreich gebundenes Papier ist eins,
das über die Geschäfte herfällt,
bis es an der Kasse klingelt.
Einige nennen es Literatur. Andere errechnen die Kosten.
Die zuständigen Leute sind urteilsfähig.

Das Herz schlägt:
vom Schnelldurchlauf erhitzt.
Verwundet liegt deine Brille auf dem Sofa
einiger unentwegter Seelen.
Die Allüren, die Stars und die Schildkröten
sterben nicht aus.
Im ganzen Haus werden neuerdings Antennen
verlegt. Brahms wird gespielt, auch Mendelssohn.
Zur Abwechslung verkauft Tschaikowsky
die Vergangenheit: Impressionen hängen
an den sich gleichenden Wänden.

Du gehst immer seltener aus. Dein Hund schnappt lautlos zu.
Der Atem der Spaziergänger geht bergauf und bergab,
landeinwärts zur Stadt.
Eine Frau trägt Früchte, eine andere schreit Flüche.
Ein Pärchen spannt heute keinen Regenschirm mehr auf.
Närrin! Sieh zu, dass du wegkommst,
sieh dem saufenden Clown nach,
wie er gekonnt das Taschentuch aus der Hose zieht, hinein
schnäuzt:
Seine Nase glänzt.

Die Beleuchtung wurde gelöscht. Finster ist es, es ist
grell. Das nächtliche Licht wird vom Schmutz der Tage
angestrahlt.
Knips es aus. Leg das Herz zurück
in die Asche.

LIII

Auf der Suche nach L ist = Unendlich plus
sinnlos minus zirkuläre Bewegung.

Sie ist im Kopf als Flucht aus dem Körper,
der seine Glieder bewegt.

Der Abschied im Ganzen wird groß geschrieben:

Noch bevor die Totenstarre eingetreten ist
und das Tuch die Gedanken umhüllt,
orte ich den
mir verfeindeten Fund.

Die Zeit ist vorangeschritten.

Sie ist das Ende der Geschichte
von kalkuliertem Mittelmaß.

Die Grube, in die sie hineinfuhr, liegt
dort: Auf der Suche nach ihnen, den wenigen
erreichbaren Daten.

LIV

Ein unbekannter Koch,
arbeitslos,
geht betteln.
Mit mir, sagt er, nicht - aber verstehen Sie mich recht,
es ist Lotterie, was sonst
könnte heute ein Gefühl sein
außer Darstellung, Zeugung von
Beugehaft. Dann aber rührt er Tränen an
und kocht wieder Suppe,
die auf der Straße schmeckt: Über Wochen und Worte
hinweg. Iss, sagt er, wir sind unter uns.

LV

Tochter, dieses Haus ist deins;
Es hat keine Tür, muss
Ein hohles Grab sein
Aus Stein, Granit, dem Fels,
Den du gebaut hast;
Mutter
Gab Dir die Anschrift, die sich
Verändert mit deinem Namen,
Und diesem Buch.

Ein
Gewandertes Ich über den Zaun hinweg,
Zur Stadt,
Die du weithin erkanntest,
Damals schon, als alles und nichts
Dir entgegen kam
Auf der langen Reise,
Die hinter diesem Haus
Verschwand.

LVI

Ein windiger Ausläufer bläst leise ins Ohr:
Mir entkommt nichts.
Diese Jahrhundertfrage bleibt: Sie ist Euch vorbehalten.
Lydia,
In Gedanken übertragen.

Ein Sofa steht bereit: Die Lampen
Hängen schief.
Licht flackert. Aus Vernunft

schließen wir unsere Augen.
Wasser, Feuer, Himmel, Erde:
Metaphern, die wiederkommen -
Vergehen mit abertausenden Publikationen,
Utensilien der Nacht.

Im Zimmer steht lauwarme Luft.
Der Tag ist angebrochen. Sein Farbenspiel
Prellt die Natur.

LVIII

Fröhlich sein, Festaktlaune,
im Frieden mit der Pickelhaube:

Altmeister Goethe und Mann lassen
die Toten begleichen,
indem sie sie aus der Familientradition streichen.

Schrieben Sie es in der Zeitung heute?
Nachts liegt sie uns weniger als Bierlaune...

Na, und die Weiber sind so schwach:

Will eine Frau es Fritzchen glauben
sind sie treudeutschdoofhübschanzuschauen

Können nur den Kopf verdrehen, klüger werden
Nicht: die Dichter denken anders, Rosa

Und solcher Art memoria, wo immer gefaltet
überlebt nicht eines unserer Opfer im Buchverlag -

Lydia ging. Ging sie lange
dem Witz hinterher,
der nicht nach London emigrierte?

LIX

Mit dem schönen Teppich,
Dem Bett des Himmels geflogen.
Herabgestürzt auf die feine diesige Wolke,
Warf ich mich in den Sonnenregen
Als Kobaltblau den Neuankömmlingen entgegen.

Unnahbar saßen wir
Auf der Brücke unseres Gartens zusammen.
Über dem Ziergeländer rankte der Wein,
Zu später Stunde hing sein Geschmack
An Euren ausgetrockneten Lippen.

Land der Ferne so nah,
Gewesenes schwarzer Kreiden.
Bewohnerin diesseits unaufhörlicher Reisen,
Höre einmal: Das Ticken der Uhren
Auf den Flughäfen verstummt.

LX

Früh wurde es dunkel um den Glauben,
Der die Güte verstieß, von der am Anfang die Rede war.

Seine Wende trug Gesichter der Trennung, des Abbruchs,
Und ihrer Seelen Sitz beflügelte keine.

Die Niederkunft des Todes, des Mordens, erinnerten wir,
Verwandte der Trauer um Lydia.

Buchumschlag von Stefanie Gödeke
und Julian F. Kolbe / BoD easyCover

Webseite der Autorin: www.stgoedeke.de

Dank an meinen Mann Wolfgang Schröder für seine Mithilfe
bei der Herausgabe des Bandes

Herstellung und Verlag: BoD – Books on Demand,
Norderstedt

ISBN: 978-3-7504-3384-7

.